ILLUST: 姐川
しょぼんぬ
農民関連のスキルばっか上げてたら何故か強くなった。
1
Noumin Kanren No Skill Bakka Agetetara Nazeka Tsuyoku Natta.
モンスター文庫

ジル・ウェイン
アルの父親

ルシカ・ウェイン
アルの母親
アル・ウェイン

ファル・イース・メイギス
王女
ルリ
ボクっ娘勇者?

ヘレン・リーン
ギルドの受付嬢

「ヘレンさん……
何で……？」

「──すぐに殺してあげる」

「——聖断罪・闇喰《セイクリッドイーター》!!」

農民関連のスキルばっか上げてたら何故か強くなった。①

しょぼんぬ

MONSTER bunko

CONTENTS

▶村での日常 004
▶いざ王都へ 013
▶農民は逃げられない 023
▶農民は逃げ出したい 029
▶災厄の再来 035
▶本当の狙い 040
▶寸前の救出劇 045
▶戦争の終結 060
▶後日談、そして決意 070
▶王都での生活・王都メイギス 076
▶ギルドにて 081
▶初依頼はトラウマの味 088
▶訪れた絶望 093
▶知ってしまったこと、わかってしまったこと 099
▶立ち直りと落ち込み 104
▶調査開始 109
▶秘密の部屋 115
▶調査遠征 120

▶ 少年の姉と、判明した邪龍の狙い 127
▶ 受付嬢の過去 131
▶ 邪龍戦 139
▶ その依り代は龍になりゆく 150
▶ 依り代は贖罪を決意す 161
▶ 思い立ったが吉日 170
▶ 悲劇再び 176
▶ 退屈のしない道中 183
▶ 再会の約束と実家 190
▶ 親子の再会 197
▶ 都市調査 204
▶ 違和感はようやく表に 211
▶ 平和に隠れる闇 218
▶ 神の力を持ちし勇ましき者 223
▶ 裏に隠れた能力、そして開花 229
▶ 力を得た勇ましき者 239
▶ 恐怖は突然に 245
▶ 縛りし鎖 255

1

NOUMIN KANREN NO SKILL BAKKA AGETETARA NAZEKA TSUYOKU NATTA.

村での日常

「うん、今日も良い感じだな」

俺は畑の土や作物を弄《いじ》りながら呟いた。

この調子なら良い品質の作物に育つことだろう。

「おーい！　アル！」

俺を呼ぶ声がしたので振り向くと、友人のテスタがこちらへ向かってきていた。

なんの用だろうか？　俺は畑を弄《いじ》るのをやめて立ち上がり、テスタの方へと向かった。

「テスタか、どうしたんだ？」

そう聞くと、テスタは面倒くさそうに頭を掻きながら、

「そろそろ漁に行くから呼びに来たんだよ。しかし、本当に畑が好きなんだなお前は。農民とはいえ、そこまで畑弄《いじ》りに没頭する奴なんていないと思うぜ」

もうそんな時間か、しかし……。

「別にそんなことないと思うんだがなぁ……。やることが畑弄り《これ》しかないからやってるだけだし。まあ好きなのは認めるが」

それより漁に行くんだろ？　とテスタに言い、俺は準備をすべく自宅へと向かった。

家での準備を終えた俺は、すぐに港に向かい、テスタの乗る船に搭乗した。

船の内部には魔石と呼ばれる魔力のこもった石が数個あり、それが動力として使われている。

「悪い、待たせた」

「気にするなよ。さて、それじゃあ今日も魚の大量ゲット目指して頑張ろうぜ！」

「おう！」

テスタは船を発進させ、漁のポイントへと向かい始めた。

発進して数分すると、少し大きな魚影のようなものが見えた。

「おいアル、早速魔物がいるみたいだ。頼めるか？」

「了解」

俺は自分が持ってきた木の枝で作った槍のようなものを掴むと、それを魚影へと投擲《とうてき》した。

「ギャオォォォォォォォォォ!?」

槍が命中した魔物は、断末魔をあげて絶命した。

「……ほんっと、デタラメだよな、それ……」

苦笑いしながらテスタがこちらへ顔を向けてきた。

「何度も言ってるが俺の投擲《とうてき》は漁業系スキル、銛《もり》突きだ。これくらいが普通なんじゃないか？」

「突きっつうか投擲《とうてき》してたようにしか見えないけどなぁ……。ていうか普通はあんなに威力出ないから身を守るために初級の魔法くらいは習得するってのが当たり前だってのに、お前という奴は……」

そう言いながらテスタは船を運転し、漁のポイントへと到着した。

「さて、んじゃあやるか。いつもみたいに頼むわ」

「わかった」

俺が海へ飛び込むと同時に、テスタは大きな網を海へと降ろし始め、その間に俺は魚の群れを発見した。

さて、あとはあの群れを網まで誘導すれば…………ん？　魔物《マジキチシャーク》が居るな。

それも5匹。

アイツ、目がイッてるからあんまり見たくないんだよなぁ……。

仕方ない、遠距離から倒そう。

俺は船から持ってきたもう一本の槍をマジキチシャーク達に向け、

「漁師秘伝技・分裂銛《もり》突き！」

投擲《とうてき》した槍は5つに分裂し、次々とマジキチシャーク達に突き刺さった。

「ンギャアアアアアアアアアアアア！　イックウウウウウウウウウウウ！」

うん、やっぱキモイ。

とは言え、これで脅威は取り除けたから、あとは群れを誘導するだけ。

俺は降ろし終わった網へと魚を誘導し始めた。


「今日も大量だなぁ！」

「そうだな」

俺は濡れた体をタオルで拭きつつテスタの言葉に答えた。

「そういやまた潜れる時間が長くなったとか言ってたよな。今はどんくらいだ？」

どんくらいだったかな、確か……。

「……五時間？」

「お前、マジで人間やめてんじゃねぇの？」

「漁業スキル取れば誰だってこうなるだろ？」

「俺も確かに取ってるけど、そんなに潜れねぇよ……スキルのレベルは？」

テスタの質問に、俺はポケットからカードを出した。

このカードは通称『ステータスカード』と呼ばれている。

なんでも昔、主に魔物の討伐《とうばつ》の依頼を受けることで有名な冒険家ギルドで、明らかに敵わないような魔物に、金を目当てに無謀《むぼう》にも挑む冒険家がそれなりに居たらしい。

そのため、国はこのステータスカードを製作した。

ステータスカードは持ち主の魔力を流すことで持ち主のステータスを表記させる。

ギルドは依頼によってステータスの一定ラインを設け、それを越えていないとその依頼を受けられないようにしたらしい。

これにより、無謀《むぼう》な行動で死亡する冒険家はかなり減ったらしく、今では便利なため、民は一人一枚は持っているくらいに普及している。

俺は自分のステータスカードに魔力を流し、レベルを確認した。

「ちょうどレベル10になったみたいだ」

「………はあ、またレベル10獲得かよ……。もう驚かねぇぞ……」

スキルレベルは10が最大と言われており、俺はこれで農業関連のスキルは土弄《いじ》りを除いてすべて10になっている。

「あとは土弄《いじ》りさえレベル10になれば、俺は超一流な農民だ」

「でもお前、日頃からずっと土弄《いじ》りしてんじゃん。なのになんで土弄《いじ》りの成長が一番遅いんだ?」

「さぁな……一番最初にレベル9まで到達したのは土弄《いじ》りスキルだったから……あれだ、多分レベルアップに必要なスキル経験値が高いんじゃないか?」

スキルには経験値と呼ばれるものがあり、特定の経験をして経験値を獲得していると、スキルのレベルが上がる。

俺はスキルのレベルを上げるために、ずっと土弄《いじ》りをしているというわけだ。

まあ無論好きだからというのもあるが。

「今のお前の他のステータスはどうなってんだ？」

「そういや最近あんま見てなかったな、見てみるか」

そう言って俺はカードに書かれている項目に目を通した。

アル・ウェイン
Ｌｖ：24
ＨＰ５８０／５８０
ＭＰ35／35
攻撃72
防御47
魔力36
魔防52
俊敏64
幸運85（固定）

スキル
【農業関連】
土弄《いじ》り9
田畑耕作10
伐採《ばっさい》10
【漁業関連】
水中行動10
漁業10
素潜り10
【その他】
投擲《とうてき》10
地形把握《はあく》10

【恩恵】
成長促進
【称号】
一流のファーマー

改めて思う。

「なんかイマイチ、ピンとこないステータスだな」

「農民にしては高いと思うけどな、ってか何で農業以外のスキルも上がってるんだ？」

「お前の仕事を手伝ってたからだろうが」

「手伝ってるだけで俺よりも高いのかよ!?　……ってぇ！」

驚愕《きょうがく》したテスタが大袈裟《おおげさ》に仰け反り、船に頭をぶつけた。

「成長促進っていうレベルとスキルレベルが上がりやすい恩恵があるからな」

「……恩恵持ちなんて運が良すぎるだろ」

恩恵とは生まれるときに、稀に子供が神から授かると言われているスキルで、俺は運良くそれを授かったというわけだ。

「さて、俺は早く土弄《いじ》りでもしたいから、もっとスピード上げてくれ」

「お前、まだやるのか⁉」

「当たり前だろ？　一緒に都市へ引っ越す予定だった親に、俺は農民としてここで暮らしたいって無理言って一人暮らしさせてもらってるんだし、農業関連のことで手を抜くわけにはいかないからな」

テスタの質問に答えたあと、俺は海の方へと視線を移し、景色を眺めた。

「――というか、漁業スキルまでレベルＭＡＸとか、それ農民なのか……？　せめて村人でいいだろ……」

テスタの呟きは俺の耳に届くことはなかった。

いざ王都へ

村に戻った俺が、早速畑で土を弄《いじ》り始めること早二時間。

そろそろやめようと思い、俺はカードを確認した。

すると、『土弄《いじ》り10』という項目を見つけた。

「……やった、ついにレベル10だ！　これで俺は超一流の農民だ‼」

俺は飛び上がって喜び、早速カードのスキル欄から土弄《いじ》りの効果を確認する。

スキルレベルが上がると、効果が強化されたり、技を覚えたりする。

分裂銛《もり》突きも、漁業レベルが10になったときに覚えたものだった。

ちなみにスキルの確認の仕方は簡単で、カードに魔力を流しながらスキルの詳細が見たいと念じればよい。

「さてさて、効果はっと……」


【土弄《いじ》り】

すべての農民スキルのレベルを最大まで上げた者だけが習得出来る農民の頂点スキル。

土の質を見極める力は強化され、あらゆる物を見極める力へと成長。

また、自身が育てる作物や家畜などの成長が著《いちじる》しく上昇する効果は強化され、さらに効果が広がる。

すべての農民スキルを統合することが出来る。

「ん？　すべての農民スキルの統合？　とりあえずやってみるか」

とりあえずそのスキルの統合とやらをやってみる、が……。

「……なんか地味に手間がかかるな……」

なぜだか時間がかかったが、何とか統合に成功したらしく〈農民スキルは統合され、【自然を愛する者】へと進化した〉

【自然を愛する者】
・農民系スキルをすべて使用可能。
・世界からの寵愛《ちょうあい》を受ける（ステータスに極度の補正がかかり、スキルを習得しやすくなる）

「世界からの寵愛《ちょうあい》……？」

とりあえず、どれほどの補正がかかっているのかステータスを確認すると、

アル・ウェイン
Lv：24
HP65535／65535
MP9999／9999
攻撃73612
防御45867
魔力35874
魔防52143
俊敏62180
幸運85（固定）
スキル
【寵愛《ちょうあい》】
自然を愛する者

【その他】
投擲《とうてき》10
地形把握《はあく》10

【恩恵】

成長促進

「…………………………………………え？」

約1000倍の補正がステータスにかかってるんだが、これはどういう……。

「まっ、いっか」

あくまでこれは農民のスキルの派生だ、世界にはこれ以上の人なんてきっとたくさん居るだろうし気にしなくてもいいや。

「さてと、明日は王都に野菜でも出荷するか」

俺は家に戻り、玄関のドアノブを回すと、バキィッ‼　という音を立てながらドアノブが取れてしまった。

「……あれ？」

これ、脆《もろ》くなってたのか？

翌朝、俺は馬車に野菜を積み、早速王都へと向かった。

ここから王都までは馬車で半日ほどであり、早目に出れば日帰り出来る距離である。

馬車に乗って道程である森を進んでいると、なにやら西の方から聞こえてきた。

「なんだ？」

ふと俺が西を向いた瞬間、翼を持つ大きな緑のトカゲが空を飛ぶのが見えた。

「なんだ、あのドラゴンか」

最初にあのドラゴンと出くわしたときは驚いたが、目に銛《もり》突きを当てたところ脳を貫通して一撃だったので、特に気にしないことにした。

俺でも倒せるくらいだし、そんなに強くないんだろうな……大方、初心者が狩るようなやつなんだろう。

だが、聞こえてくる声から察するに、ドラゴンの方が優勢らしく、だんだんと追い詰められているのがわかった。

まあドラゴンは見た目が怖いし、きっと初めて見るドラゴンにすくんで力が出ないんだろう。

仕方がない。

俺は木の枝の槍を持ち、

「銛《もり》突き地上バージョン！」

俺が投擲《とうてき》した銛《もり》はドラゴンの目に突き刺さり、そのまま脳を貫通すると思っていたのだが、投擲《とうてき》した槍がドラゴンに触れた瞬間、ドラゴンの頭が破裂した。

予想以上の威力にちょっと驚いたが、

「……そういえば、ステータス１０００倍だったっけ……。じゃあ納得だな」

さっさと王都に野菜を出荷してこないと帰りが遅くなるので、俺はドラゴンが落ちた方を見向きもせずに王都へと向かった。


あれから数時間進んで王都に着いた俺は、門番のもとへと向かった。

「身分は？」

「農民、名前はアル・ウェイン。シルス村出身。目的は育てた野菜の出荷。これが身分証《ステータスカード》です」

ステータスカードには様々な情報が詰まっているため、魔力を流して名前など住所だけを表示させることで、身分証明に使われることも少なくはない。

さらに、それは本人の魔力でないと表示されないので、信用性は高く、これが国民にステータスカードが普及した理由のひとつでもある。

門番はステータスカードを見終わると、俺に返した。

「入国を許可します。ようこそ、王都メイギスへ」

入国が許可された俺は、早速メイギスに入国しようとしたのだが……。

「ん？」

王都の中から何かがこちらへ向かってきていた。

よく見るとそれは顔をローブで隠した男であり、誰かを抱えていた。

「誰かソイツを捕まえてくれ！　誘拐だ！」

追いかけてきたであろう騎士がそう叫ぶと、門番達は即座にその男の行く手を阻《はば》もうとするが、すぐに吹き飛ばされた。

「邪魔だぁ‼　退け‼」

男が退くように言うので、俺は男を避けた。

が、避けたときに男が抱えていた人を奪い取った。

「きゃっ⁉」

「便利だな、これ」

統合されたうちの土弄《いじ》りの効果である見極める力のおかげなのか、男の動き、そしてどのようにしたら気付かれずに人を救出出来るのかが瞬時に見えた。

少し救出した人を驚かせてしまったようだが、特に外傷はなさそうだ。

男は抱えていた人の重さがなくなったことに気がつき、こちらを振り向いた。

「テメェ⁉　どうやって……⁉　いや、そんなの関係ねぇ……返しやがれ！」

男は短刀を抜くと、こちらへ襲いかかってきた。

あれ？　これヤバくない？　命のやり取りってやつじゃない？　これ。

と思っていたが、向かってくる男の動きがスキルのおかげかよく見える。

「危な――――」

抱えていた人が危険を告げようとしていたので、俺は抱えていた人を降ろすと、短刀による攻撃を体を少し反らして回避し、そのまま伸びてきた腕を掴んで、

「見よう見真似！　テスタ式背負い投げ！」

そのまま背負い投げの要領で地面に叩きつけた。

「あぐぁっ‼」

うわ……やべ、なんか男の人が地面にめり込んだ。

まあ、叩きつけられた男は気絶していたので、これで一件落着ということだろう。

「あっ！　出荷の時間が⁉」

ヤバイヤバイ！　急がないと買ってもらえなくなる！　俺は急いで馬車に戻り、出発しようとしたのだが。

「……待って！」

「え？」

声をした方を振り向くと金髪の女の子が居た。

おそらく、さっき助けた子だろう。

かなり可愛い子だが悪いが俺には構っている時間はない、野菜を買ってもらえるかもらえないかの瀬戸際なのだから。

「ありがとう、君のおかげで助かったよ」

「あっ、ハイ。お気になさらず」

「じゃあ俺は出荷があるんで」

「あのっ！　せめて名前だけでも……！」

「俺の名前はアル！　それじゃ！」

「あっ！」

俺は名前を告げると、すぐさま出発した。

「アル君……か」

農民は逃げられない

俺はなんとか業者のところへ駆け込み、納品を終えた。

あと少し遅かったら納品させてもらえなかったかもしれないと考えるとゾッとする。

それでは来た意味がなくなるからな。

「さてと、用も済んだし、とっとと帰るか」

俺が馬車に乗ろうと振り向くと、先ほど助けた金髪の女の子が笑顔で後ろに立っていた。

待て、なぜここにいる。

「…………」

彼女は無言でニコニコとしているが、なぜかその笑顔を見ていると背筋に寒気が走った。

「ねぇ……」

彼女が話しかけてきたが、俺は逃げた方が良いという警報に従い、すぐさま馬車に乗った。

「サテ早ク帰ラナイト日ガ暮レチャウナー！　急ガナキャー！」

棒読みになってしまったが、これでこの場を抜け出す言い訳が出来たと判断した俺は、すぐさま馬車を走らせた。

てっきり止められるのかと思ったが、女の子は特に何も言ってこなかったので、そのまま置き去りにした。

逃げ出しておいてから思うものではないが、なぜ逃げ出したのかわからない。

ただ本能に従っただけだ。

このままでは間違いなく農民として暮らせなくなると本能が告げている。

っと、そろそろ門が見えてきた。

「そこの者、止まれ！」

門を通りすぎようとしたところで門番に止められてしまった。

この緊急事態（?）で忘れていたが入るときは当たり前だが、出るときにも通行証を見せないといけないんだったな。

さすがに焦りすぎたな。

「悪い、ちょっと焦っててな。ほれ、通行証だ」

「いや、そのことじゃない」

え？　そのことじゃないの？　あっ、馬車で突っ走ってたことか？　一応人通りが多いところだし馬車で全力で走ってたら怪我人が出ちゃうからな。

「わかった、今度から馬車の扱いには気を付ける」

「いや、それでもない。上から馬車に乗った農民の若い茶髪の男を通さず待たせておくよう言われているのでな、悪いがここは通せん。上に連絡を入れるからそこで待っててくれ」

「俺、確かに茶髪だけど関係ないと思うんだが……」

おそらく大手の商人か貴族と契約でもしている農民がいるのだろう。

上から言われてるってことは身分の高い人の命令なんだろうし。

だが、あいにくなことに俺は身分の高い人と知り合いなわけでも悪事を働いたわけでもない。

人違いということですぐにでも解放されるだろう。

そういえば何か忘れているような……。

「見つけた」

聞き覚えのある声が後ろから聞こえた。

「えっ？」

振り返ってみるとそこには……うげっ、さっきの金髪の女の子が居る。

連絡を取ると言っていた門番が女の子を見つけると、すぐさまそちらへ駆け寄った。

「ちょうど良いところにいらっしゃいましたね。

今、姫様に連絡を入れようと思っていたところです」

「……姫、様？」

おい、待て、嘘だろ…………？

「言い遅れたね。私、王都メイギス第一王女のファル・イース・メイギスって言うの。よろしくね」

王女は俺に微笑みかけてくるが、俺はそんなことを気にしている場合ではなかった。

王女ファル・イース・メイギス、幼いながら母と兄を亡くすという経験をしながらも、悲しみに暮れる姿を一切国民には見せず、堂々とした振る舞いで支持をされている人物だ。

そんな人物に用があると言われるなんて面倒事の予感しかしなかった。

「そ……そんなお偉いお方が農民の俺なんかに何のご用ですか……？」

「そんな堅くならなくってもいいよ！　さっきみたいにタメ口でいいよ！　ほら！」

「いや……でも……」

「これ王族命令だから」

「……お、おう」

なんという職権濫用《しょっけんらんよう》だ。

「それでなんだけどさ、王宮に仕えてみない？」

「死んでも嫌です」

と言いたかったが、そんなことを言ったら不敬罪で打ち首になりそうなので、俺は一度息を吸うと……。

「――このような農民の出である私《わたくし》に大層光栄で魅力的なお話でございますが、それは私の身に余るお仕事でございますのでお断りさせていただきます！」

唐突に流暢《りゅうちょう》な敬語使《アドリブ》いになった俺に呆然となっている隙に、さっさと帰ろうとしたのだが。

「待って待って！　何で!?　王宮に仕えられるんだよ!?　稼ぎ良いんだよ!?」

チッ、気を取り戻したか。

「俺は農民として生きていくって決めてるんだ！　これだけは譲らない！」

「そんな！　あんなに強いのにもったいない！　考え直してみてよ！」

「何を言われたって俺は変わらないぞ！　俺は畑で土弄《いじ》りでもして余生を過ごして死にたいんだ！」

「どんだけ畑好きなの!?　ほら……えっと、畑！　畑好きなんだよね!?　実は王宮近くにも畑があって……」

畑……だと？

「ほう」

「あっ、それで興味向くんだ。…………じゃなくて！　王宮に来れば質の良い畑、弄《いじ》り放題なんだよ!?　畑好きの君からしたら最高の職場だと思うよ!?」

「なん……だと？」

これは魅力的な提案だ。

思わず心が傾きそうになる。

だが王宮に行けば当然他の仕事がメインになるだろう。

というか……。

「……どうして俺を引き入れようとしてるんだ？」

「えっ？」

わかってなかったの？　という視線が俺に突き刺さった。

農民は逃げ出したい

「さっきアル君が私を助けてくれたときに倒した男の人居たでしょ？」

「居たな」

あのローブ被ったやつか。

「あの人、暗躍の捌い者っていう二つ名がつくくらい恐ろしい人だったの」

あら怖い。

「ステータスを確認したらね、なんと平均５００もあったの！」

「……え？」

平均５００も？

「あ……あのさ、もし良かったら一般人とかのステータスの平均を教えてほしいかなーって」

「いいよ。一般人は60、冒険家は１３０、騎士は１５０、騎士隊長は６００、伝説の勇者は１０００って言われてるの」

それを聞いて俺は顔をひきつらせた。

これアカンやつや。絶対ステータス見せられない。

「それで、話を戻すけど、そんな騎士隊長クラスの人をいとも簡単に無力化したアル君のことがぜひとも欲しいっていうのが王宮の意思なの」

うわ、何か面倒くさいことになってる。

「残念だが断る」

「ちなみに私としてはアル君に興味があるから一緒に来てもらいたいなーなんて思ってるんだけど」

「断固拒否する」

「うぅ……、即答かぁ……。でも絶対諦めないから！」

お願いですから諦めてください。

「あっ！　とりあえずステータス見せてよ！　アル君のステータス気になるなぁ！」

「あっ、用事思い出したからそろそろ帰るわ、じゃな」

俺はすぐさま馬車を動かそうとするが、目の前に門番が立ち塞がった。

くっ……こいつら俺を逃がす気がないな……。

だいたい、俺のステータスなんて見せられるか。農民人生が終わってしまう。

どうにか打開策はないかと思っていると、４人組の冒険家と思われる人達が門の外からこちらへ向かってきた。

「門番さーん！　入りたいからこっち来てー！　通行証もすぐ渡せるように出してあるからー！」

そう言った冒険家のうちの一人のオレンジのショートボブの女の子は、上げた腕を左右にブンブン振っており、その手は通行証を掴んでいた。

「おう、お前達か、その様子だと、依頼は達成出来たようだな」

「いや、ひとつ不可解なことがあるんだ」

そう言ったのはスキンヘッドの屈強なおっさんだった。

「不可解なこと？」

「フォレストドラゴンが出た」

「何⁉　なぜあんなところに⁉」

その言葉に思わずファルもそちらを向いた。

「今の話、本当？」

「ええ、本当です」

ファルの質問にそう答えたのは眼鏡をかけ、背中に弓を携えた青い髪の男だった。

その男は荷物の中から緑色の魔石を取り出した。

「これが証拠です」

「これはまさにフォレストドラゴンの魔石だ！　しかし……お前らよく無事に倒せたな……」

「いや、倒したのは僕達ではありません」

「どういうことだ？」

「私が説明します」

そう言って前に出てきたのはストレートロングの銀髪の女性だった。

「私たちは依頼通り、最近数が増えてきたというワイルドボアを退治していました。ある程度退治し終え、そろそろ帰ろうかと思ったとき、フォレストドラゴンが現れました。私たちは全力で戦いましたが、力の差は凄まじく、追い詰められました。ここで終わりかと思ったそのときドラゴンの頭が破裂しました」

「は？」

思わず門番が声を出した。

あれ？　というか俺も何か覚えがあるぞ？

「破裂？」

「ああ、風を切るような音が聞こえたかと思ったら、パンッて頭が破裂しちまった」

「ということは……討伐《とうばつ》ランクSのフォレストドラゴンを瞬殺出来る腕前の者がいるということか……」

おいおい、待て待て、まさか……。

「他に情報はないか？」

「攻撃が飛んできたと思われる方向に向かってみたら、馬車が通ったと思われる痕跡《こんせき》があった。まだ新しかったから間違いないと思うぞ。しかし、せめてお礼くらいしたかったんだが、すぐ去っちまうなんてな……」

それ、俺じゃね……？

「馬車、強い、すぐに去る……」

ファルは一人で呟いたあと、こちらに顔を向けた。

「つまりアル君だよね⁉」

「なぜだ！　なぜそうなる‼」

あってるけどさ！　あっさりと正解に辿り着かれると困るんだよ！　推測力が恐ろしいよこの姫様！

「悪いがそれは完全に覚えがない。きっと人違いだと思う」

「うーん、本当かな？」

「本当だよ、さて、それじゃあ……」

今は門番は目の前にいない。つまり。

「これにてさらばだ！」

「あっ！」

俺は馬車を発進させた。

ファルは声を出してこちらに手を伸ばし、門番も気がついたようだがもう遅い。

俺はすでに門番達を抜かして門の外へと出ていた。

「ふう……ここまで来れば大丈夫だろう。ま、しばらくはここには来ないようにしとこう」

自分の農民としての生活が守られたことに満足しつつ俺は村へと向かった。


「申し訳ありません姫様、私達が気を抜いたばかりに」

「別にいいですよ、気にしてません」

ファルはアルが走り去っていった方をじっと見て。

「絶対に手に入れてあげるから覚悟しててね、アル君」

そう宣言した。

災厄《さいやく》の再来

俺は辺りが暗くなってきた頃に、シルス村に到着した。

いやー、危なかった。

下手したらあのまま王宮に連れてかれてたわ。

それにしても、ワイルドボアの退治依頼か。ここら辺には退治を頼むほど多くは生息していないはずだが……。

それに、フォレストドラゴン……だったか？　あれだってあんなとこでは滅多に出てこないはずだし……何かあったのか？

「うん、考えすぎても仕方ないな」

とりあえず家に着いたので、馬小屋に馬を置いてきた。

「これもそのうち直さないとなぁ……」

俺はドアノブの取れた玄関の扉を見ながらそう呟き、無理矢理開けようとした。

そして、バキンッと音を立てて扉が外れた。

「えぇ……」

力の加減が難しすぎやしませんかね？

俺は外れた扉に目を向けた。

「さすがにここまでやらかしたら直すしかないか……」


数時間前、シルス村近くの森でフォレストドラゴンが見られた件は、ファルにより、王の耳に届いていた。

「ふむ……あの森でフォレストドラゴン……か。珍しいこともあるものじゃの……」

だが普通に考えてみればこれは異常事態だ。

普通はフォレストドラゴンがあそこに現れるなどありえない。

だがごく稀に現れることもあるので、一概に異常事態とは言えないのだが。

「ふむぅ……しかし、どうにも悪い予感がするのう……」

王がぶつぶつと呟きながら思考にふけっていると、慌てた騎士がノックもせずに部屋に入ってきた。

「国王様！　大変でございます！」

「ハイネルか、そのように慌てて、何事じゃ？」

「西側……シルス村の方向から魔物の群れが襲撃してきました！」

「なんじゃと!?」

「あの数は異常です！　全力を尽くしても撃退出来るか不明です。念のため国王様一家は国の東側へお逃げください！」

「王が国民を置いて逃げるわけにいくか！」

「それでも‼　我々はいくらでも代えがききますが、国王様方の代わりはどこにも存在しません！　国王様方は我々の最後の希望なのです！　ですから！　お逃げください！」

「いくらでも代えがきくじゃと⁉　ふざけるな！　ワシはお主らにだって代わりがおるとは思ってないわい！」

「ですが、生きていて国をやり直せるのは国王様方だけなのです！　それに……」

ハイネルが視線を後ろに向けると、大勢の騎士達が部屋の中へ入ってきた。

一般の騎士もいれば隊長の騎士もいる。

「私達だって、ただでやられる気はないぞ！」

「むしろ追い返してやろうぜ！」

「俺達は負けるなんて思ってないぞー‼」

士気を上げる騎士達を一瞥《いちべつ》したハイネルは国王へ視線を戻し、

「……この通り、総員、負けるつもりはありません。それに、騎士だけではなく冒険家の方々にも手伝っていただきます。あくまで国王様方には保険として逃げていただくだけです。ご心配なさらないでください。必ずや、この国を守り通してみせましょう」

「……必ず、生きて戻るのじゃぞ」

その言葉にハイネルや他の騎士達は跪《ひざまず》き、

「仰せのままに！」


ようやく玄関の扉を直し終わり、俺は気持ちよく寝ていたのだが……。

「おい！　アル！　起きろ！」

深夜、俺はテスタに突然起こされた。

「なんだよ、テスタ……不法侵入してんじゃねぇよ……」

「んなこと言ってる場合じゃねぇんだって！」

「どうした？」

「村の近くを魔物の群れが通ってんだ！　幸い今はウチの村は狙ってないみたいだが、いつやつらがここを狙うかわからない。早くここから離れるぞ！　必要な物だけ持ってくれ」

「魔物の……群れ？」

何でこんな真夜中に？

「ああ、なんか知らんがこの辺じゃ見ないような魔物も多くいるらしい。ほら、早く逃げるぞ」

不自然な魔物の増加、そして本来生息しない魔物の襲来、そして魔物の群れと来たか……。

「んー……」

「どうした？　アル」

「いや、こんな感じ、どっかで……」

あ……、もしかして……。

「おいテスタ、魔物の群れ《あいつら》はどこに向かってんだ？」

「あいつらは東に動いてる、つまり……間違いないな、狙いは王都だ」

……はぁ、間違いないな。

「まさに地獄の侵攻劇《ヘルソーン》とまんま同じ展開だわ、これ……」

地獄の侵攻劇《ヘルソーン》。

それは、数百年前、王都に襲来した魔物達の群れにより、王都が崩壊寸前まで追い詰められた、至上最悪と言われる魔物による災害である。

「……面倒なことになってきたな……」

「確かに地獄《ヘル》の侵攻劇《ソーン》と状況は酷似《こくじ》してる。けどな、アル、お前も知ってるだろうが地獄《ヘル》の侵攻劇《ソーン》の首謀者《しゅぼうしゃ》は魔王マクベスだったはずだ。だがその魔王は地獄《ヘル》の侵攻劇《ソーン》の後に王都が儀式で召喚した勇者様が倒して、俺達人間や獣人達が魔族と和平を結んで魔族とのいざこざは終結したはず。つまりこれは魔物の本能によるものだって思うんだ。って！　そんなことよりも早く逃げねぇと！　王都から魔法具で連絡を聞いた村長によると、王族もさっき東の方面に無事逃げたらしい！　俺達も早く！」

「……………ああ」

俺の中で何かがつっかえていた。

魔物が群れを作るということ。

これ自体は珍しいことではあるものの、絶対にないわけではない。

だが、それはオークキング率いるオークの群れだったり、ギガントボア率いるワイルドボアの群れだったりするように、同じ種族の魔物だけの群れに限る。

稀に他種族同士の群れが協力するなんてこともあるらしいが、最大4種族以上混合の魔物の群れは今まで観測されたことがないらしい。

だが、恐らくテスタの『この辺じゃ見ないような魔物も多くいるらしい』という言葉から、群れに含まれる魔物は4種族を優に越えているだろう。

「だとしたら……」

群れが出来るケースは大きく分けて2つ。
1．魔物同士が集い、群れを作る。
2．人為的に魔物を集める。
「1の可能性は低いが……かと言って2を行えるのは余程、力のある魔族くらいだが、その線はありえないんだったよな……。となると今回の群れが異常で、世界初の魔物の4種族以上の群れだって考えるのが一番しっくりくる」

だが、だとしたらおかしい。

「なぜ、シルス村《ここ》を狙わない？」

群れを組んだ魔物達は基本大きな都市を目指して侵攻することが多いが、例外を除き、侵攻経路の村や町は壊滅させられるのがほとんどだ。

そして、その例外というのが、人為的に群れが作られた場合だ。

人為的に群れが作られた場合、ほとんどが『○○都市を滅ぼせ』というような、特定の都市だけを壊滅させられるように魔物に命令されるらしい。

何でも魔物の知能が低すぎて、それ以上は命令出来ないからだとかなんとか。

つまり、その場合は他の村や町を滅ぼせとは言われていないので、危害を加えない限りは周辺の村や町を素通りする。

「だが、誰が、なぜ王都を狙うのかが……」

そもそも群れを人為的に作れたのは今までの歴史で魔族だけ。

となると和平を結んだ魔族が群れを作る理由がないという矛盾に陥るわけで……。

「待てよ……？」

そもそも、その前提が間違っていたのでは？

和平を結んだから魔族が襲ってくるわけがない。

その考えがおかしかったと考えてみたら？

和平を結んだのは事実だろう。

だが、魔族の全員がその結果に納得していたのだろうか？

魔王の仇《かたき》を取りたい、そしてそれを実行にうつしたいと思うやつはいなかったのか？

仮にそうだとしたら狙いは？

勇者、いや、すでに亡くなっている。

その子孫だって消息が不明と言われている。

だとしたら、あとは王族くらいしかいない。

王族は勇者を召喚した張本人の子孫。

仇取《かたき》りとしても十分な理由にはなる。

だが王族は騎士に護衛されながら群れの来る反対側……つまり東の方面に逃がされたとテスタは言った。

そもそも現在の王はかなり強いと聞くが、群れもなしに強くて、さらに護衛付きの王を魔族が倒すのは困難を極めるだろう。

となるとこれも……と、そこまで考えて、俺の脳内にひとつの最悪な可能性が浮かび上がった。

「……おいおい……嘘だろ……？　これがマジだったら洒落《しゃれ》になんねぇぞ……？」

「さっきから何ブツブツ言ってんだ、アル！　早く支度を……」

「テスタ、王族が危ないかもしれないんだが……」

「はぁ!?　王族は東方面に逃げたって言ったろ!?」

「違う、王都の東方面には何があると思う？」

「何ってそりゃあ……確かヘレスト草原とグリムの森だろ？　特にグリムの森は危険な魔物が多いっていうけど、王は強いんだろ？　グリムの森くらいなら大丈夫なはずだ」

「だからこそだよ、グリムの森は危険な魔物がたくさん生息している。そして――」

俺が考えた最悪な可能性、それは……。

「――そのグリムの森の魔物を使って東側にも群れが作られていたらどうなる？」

俺の言葉に、テスタが息を飲んだ。

「……まさか、おい、待てよ……考えすぎだろ……。だって、魔族は、もう……」

「和平に不満があるやつが魔族にいなかったわけじゃない。それに、あくまでこれは可能性だ。別にそんな警戒することでも――」

「いや！　少しでもその可能性があるなら村長に言って王都に連絡してもらおうぜ！　まともに聞いてもらえるかわからないけど言わないよりマシだ！」

「そうだな」

俺達はすぐさま村長の家に向かい、テスタが村長の家の扉を開けた。

「村長！　連絡用の魔法具貸してくれ！」

「テスタ！　アル！　まだおったのか！　はよう逃げろ！」

「そんな場合じゃねぇんだ！　まともに聞いてもらえるかわからないけどとにかく……」

テスタが村長を説得していると、部屋に置いてあった連絡用の魔法具が淡い光を発した。

『伝令！　伝令！　王都東側に魔族率いる大規模な魔物の群れ出現！　ヘレスト草原及びグリムの森周辺の村や町は力を貸してもらいたい！　繰り返す！　王都東側に……』

「遅かったか……」

俺は頭に手を当てて悩ましげに呟いた。

寸前の救出劇

「なんじゃ……あの魔物の数は……!?」

ヘレスト草原を通っていた王族と護衛は目の前の光景に目を疑った。

目前に広がるのは凶悪な魔物の群れ。そして、

「!?　何で魔族が……!」

思わずファルの口から言葉が出た。

魔物の群れの先頭には和平を結んだはずの魔族がおり、その表情はニタニタと醜《みにく》い笑みを浮かべていた。

「驚いていただけたかぁ？　王族ご一行様？」

「なぜじゃ……!　なぜこのようなことを！」

「なぜって言われてもなぁ……。俺達はずぅっと待ってたんだぜぇ……？　魔王様の仇《かたき》を取る、このときをよぉ……」

「魔王の仇《かたき》……じゃと……？」

「ああ、と言っても、もともとはこんな盛大にやるつもりじゃあなかったんだがなぁ。お前ら二人は他のやつらと違って耐性でもあるのか呪いが思うように効かなくてよぉ」

「お前……まさか……」

その魔族はもともとの醜《みにく》い笑みを、さらに醜《みにく》くして、

「13年前の王妃の死、そして、5年前の王子の死。その両方が俺達によって行われた呪いの〝お陰〟だ。それによって姫であるお前は権力争いに巻き込まれずにすんだだろぉ？　むしろ俺に盛大に感謝してほしいねぇ！　クッハハハハハハハ!!」

ファルを指差しゲラゲラと愉快そうに笑う魔族に、その場の全員が敵意や殺意の含めた視線を向けた。

「ま、その姫様も呪いが効かねぇなら、この手で直接殺してやろうと思って、誘拐も企てたが……」

「あのときの誘拐は貴様の手引きか！　……この外道め!!　我等の前から消え失せろ！　ライティングゾーン！」

話の途中で護衛の一人が我慢出来ずに声を荒らげ、光の一閃《いっせん》を繰り出す魔法を放った。

魔族はその魔法を冷たい目で一瞥《いちべつ》すると、当たる直前に手でその魔法を下に叩き、方向をねじ曲げた。

「なっ……!?」

魔族は魔法を放った護衛を見て呆れたような表情をした。

「おいおい、少数精鋭で選ばれておいてこの程度なのかよ？　今のならたとえ当たってても無

傷だったぜぇ？　まったく、スパイとして潜り込ませたアイツを倒す奴が居たっていうからその少数精鋭の中に入ってるかと思って楽しみにしてたんだがなぁ……。お前らの表情を見ると違うみてぇだなぁ……。お前ら期待外れにも程があるぜぇ？　プククッ」

魔族は馬鹿にしたように言いながら、笑いを堪えるように手で口を押さえた。

「おい……それ……まさか……」

その護衛の視線は魔族の手の甲に釘付けになっていた。

「おいおい、ようやく気がついたのか、おせぇんだよ。まあいい」

魔族は自身の手の甲に刻まれた紋章を見せ、

「自己紹介が遅れたなぁ。俺は旧魔王軍戦闘部隊《ヘルメス》・第一軍《ファーストクラス》所属。隊長、ロミオ・ヴォンテッド。お前らを殺すために来た、よろしく頼むぜぇ！　ギャハハハハハハハハハハ‼」

「第一軍《ファーストクラス》……さらにその隊長じゃと⁉」

王の知る限り、旧魔王軍戦闘部隊《ヘルメス》には第1軍《ファーストクラス》から第十軍《ワーストクラス》まであり、数字が1に近いほど優秀だと言われている。

つまり第一軍《ファーストクラス》隊長である目の前の男……ロミオは、魔王の最強の部下だったと言ってもよいことになる。

「驚いてる暇があるのかぁ？　王様？」

ロミオは腕を上に伸ばし、手のひらを上にむけた。

その手のひらの上に、凄まじい速度で黒く禍々《まがまが》しい力が集まっていった。

「こりゃいかん！　〝我が身を守れ〟‼」

王は自身の力を最大限に使い、魔法障壁《バリア》を展開した。

「闇は全てを破壊して蹂躙《じゅうりん》し、世を黒き世界へと塗り替える。黒滅破壊《オーバーダークネス》！」

すべてを破壊するための無慈悲な闇の力が、王に放たれた。

すぐに魔法障壁《バリア》と闇の力は衝突し、拮抗《きっこう》状態になった。

「ぐぅ……おおおおおおおおおおおお‼」

「お父さん‼」

「っ⁉　ファル！」

「私も手伝う‼」

ファルは王の隣に立ち、魔法障壁《バリア》に己の力を加えた。

「はぁぁぁぁぁぁぁぁぁぁぁぁぁ‼」

ファルの助力により、魔法障壁《バリア》は強化され、みるみるうちに闇の力が押され始めた。

「へえ……やるなぁ？　だけどなぁ……」

王が異変に気付き、後ろを振り向いたが遅かった。

後ろにいた護衛はすべて地に伏しており、そして、王の後ろに居る何者かが、剣で王を突き刺していた。

「か……は……っ、貴様……いつ……から……そ……こ……に……」

その光景を見たロミオは、この日一番愉快そうに顔を歪めた。

「――ここにいるのが俺1人だけなんて、一言も言ってないぜぇ？　ギャハハハハハハハハハ!!」

「お父……さん？　お父さん!!」

ファルは王のもとへ駆けよった。

だが、その間もロミオは攻撃の手を緩めはしない。

「おいおい？　魔法障壁《バリア》が切れちゃってんぞぉ？　お姫様？」

「!?」

気付いたときには、もう遅かった。

護衛を倒し、王を刺したと思われる魔族はすでにロミオの隣へと避難していた。

「この程度なら群れなんて連れてくる必要なかったね」

「そうかもなぁ……はぁ、つまんねーの」

そして、それを確認した頃にはファルの目の前は闇に染まっていた。

そのとき、

「魔法障壁《バリア》ァァァァァァァァァァァァァ!!」

寸前で駆け込んできた黒いローブを身に着けた男が、ファルの目の前に立ち、魔法障壁《バリア》を展開させていた。

その魔法障壁《バリア》は、王とファルが二人で展開したものよりも、数倍も丈夫で、いとも簡単に闇の力を防ぎきった。

「あぁ？　なんだなんだぁ？　テメェ……何者《なにもん》だよ……？」

その質問に男は、

「うわ凄い怪我だな……何とか治せないかな……」

そう言うと、男はステータスカードを確認し、

「――覚えてるし……。ヒール」

ロミオを無視して王や護衛の治療を始めた。

「……おい、聞いてんのか、ガキ」

「え？　ああ…………、すまん」

男は一度考える素振りを見せ、

「で、何だっけ？」

「遅かったか……」

しかし、まさか本当に当たっているとは思わなかった。

これはかなり緊急事態だ。

「ちょっと行ってくるわ」

「待てよアル！　行くってどこにだよ⁉」

「王族のとこに決まってんだろ？」

「はぁ⁉　無理だろ⁉　何言ってんだ！」

「悪いけど説明してる時間がない。これ見てくれ」

そう言ってステータスカードに魔力を流し、テスタに手渡した。

テスタは俺のステータスカードを見ると、

「……おいおい、人間やめてるってレベルじゃねぇぞこれ……」

と言っていたが、テスタの口元は笑っていた。

「こんだけのステータスがあんなら、間に合うかもな。しっかし、攻撃力10万とか馬鹿じゃねぇの？」

ニヤニヤしながらテスタが言うが、今聞き捨てならないことを言ったような……確か攻撃力10万だとか言ってたか？　そんなになかったはずだが。

「ちょっと見せてくれ」

半ば引ったくる形でステータスカードを見てみると、

アル・ウェイン
Lv：36
HP65535／65535
MP9999／9999
攻撃103264
防御69213
魔力53980
魔防78174
俊敏93122
幸運85（固定）
スキル
【寵愛《ちようあい》】
自然を愛する者
【武術】
体術6

【その他】
投擲《とうてき》10
地形把握《はあく》10

【恩恵】

成長促進

HPとMPはこれ以上上がらないみたいだが、他のステータスはレベルが上がったことで馬鹿みたいに上昇してる。

ってかいつの間に体術なんて……今はそんなこと考えてる場合じゃないか。

俊敏90000越えてるし、多分走っても間に合う……のか？　でも少し不安だな。

早く移動出来るようなスキルでもないかな。

そう思っていると、ステータスカードの項目に〈高速移動6〉というものが増えた。

どうやらまた習得したようだ。

なるほど、ということは体術はおそらく……あの誘拐犯を背負い投げしたときに覚えたのだろうか？

「おい⁉　なんかスキル増えたぞ⁉」

テスタは後ろからカードを覗いていたので、突然増えたスキルに驚いていた。

「しかも初期レベル６⁉　どういうことだよ⁉」

「俺にもわからん……けど。

まあこれはつまり助けに行けってことだよな」

「多分そういうことだろうな！　うっし！　アル！　行ってこい！」

「おう！　行ってくる！」

「待つのじゃ」

「え？」


村長が俺に静止を求めた。

さすがにに子供に行かせるのには反対の念があるんだろう。

「さきほどから話を聞いておったが……。アル、お主は農民として暮らしたいのじゃろう？

ならばこれを身に着けて行くがよい」

そう言って村長がアルに渡したのは、古ぼけてはいるが、小綺麗な黒いローブだった。

「これは……？」

「これには隠蔽《いんぺい》の魔法が補助されておるのじゃ。おそらく王族を助ければ顔を覚えられ、確実に騎士団にスカウトされるじゃろう。だから、それを身に着ければお主の正体がバレることがなくなって、農民として暮らして行けるという寸法じゃ」

え？　戦いに行くのを止めるんじゃなかったのか？

「てっきり戦いに行くのを止めようとしたのかと思ったぜ」

俺の心の声をテスタが代弁してくれた。

すると、村長は笑いだした。

「ホッホッホ！　お前らを心配することはあっても止めることなどありはせんよ！　昔からお前らの奇想天外な行動には驚かせられたが、その行動でワシらが助けられてきたことが幾度もある。今回も、きっとどうにかしてくれると信じとるんじゃよ」

期待が重い！

「おい村長!?　俺達そんなに凄いことしてねぇだろ!?　アルもそう思うよな!?」

とは言え、やることは決まった。

「アル？」

俺はローブを身に着け、しっかりと正体を隠した。

「ちょっくら行ってくるわ」

「……おう！　さっさと帰ってこいよな！」

「村のやつらはワシが誤魔化《ごまか》しておこう。じゃが、誤魔化《ごまか》せる時間にも限度がある。テスタの言う通り、早く帰ってくるんじゃぞ？」

「わかったよ、村長」

俺は村長の家を出ると、全力で王都に走り始めた。

「……んで？　村長。なんであんなローブ持ってたんだ？」

「ほう……良いところに目をつけたのう。それはじゃな……」

ここで村長がテスタに話したことをアルが知るのは、もう少し先のことであった。

ちなみに、村長の話を聞いたテスタは笑っていた。


「【高速移動】‼」

ただでさえ俊敏90000越えの凄まじい速度に、スキルの効果がプラスされ、まさに韋駄天《いだてん》の如くのスピードで王都への経路を駆け抜けた。

途中魔物の群れが目の前に現れたが、進路にいる魔物は殴り飛ばして無理矢理道を作った。

「おい⁉　何か来るぞ⁉」

騎士が驚いているが、説明している暇はない。

魔物を張り倒しつつ、どんどんと進んでいく。

魔物の群れを抜け、王都の町並みを抜け、そしてついに王都の東門を抜けた。

少し走ると目の前に禍々《まがまが》しいエネルギーが今にもファルに当たりそうになっているのが見えた。

「魔法障壁《バリア》ァァァァァァァァァァァァァァ‼」

魔法障壁《バリア》は魔力を持つ者なら誰でも使える魔法で、魔力が高ければ高いほど耐久力があるものになる。

魔力が5万を越えている俺の魔法障壁《バリア》は、いとも容易くロミオの技を防ぎきった。

そのあと、俺はすぐに怪我人の確認をした。

誰かが何か言ったような気がしたが、今はそれどころではない。

「うわ凄い怪我だな……何とか治せないかな……」

そう言いながら俺はカードを確認する。

まさか都合よく回復スキルを覚えたりなんて――。

「――覚えてるし……。ヒール」

王や護衛の怪我は回復魔法ですぐに治療され、事なきを得た。

「……おい、聞いてんのか、ガキ」

「え？　ああ…………、すまん」

コイツなんか言ってたか？

「で、何だっけ？」

「ほぉ？　よほど死にてぇと見えるなぁ……」

魔族は目の前で両手を合わせボキボキ鳴らしながらそんなことを言うが、別に馬鹿にしたわけでなく本当に聞こえなかっただけなんだが……。

しかし、このステータスなら余裕だろうとは思うけど、一度魔族のステータスを見ておきたいな。

なんて思ってると、相手のステータスの情報が脳内に流れ込んできた。

ロミオ・ヴォンテッド
Lv：78
HP6500／6500
MP723／823
攻撃835
防御792
魔力966

魔防８０１
俊敏７９８
幸運35（固定）

スキル
【魔法】
闇魔法８
火魔法７

【武術】
体術７
剣術７

【禁術】
呪術６
吸収７

うお、ステータス見れた。

今思い返してみれば、土弄《いじ》りスキルがレベルＭＡＸになったときに、土の質を見極める力が進化して、あらゆるものを見極められるようになるとか書いてあったけど、こういうことか。

しっかし、改めて俺のステータスがぶっ壊れてるってのが理解出来た。

こういうのはバレないようにするに限るな。

「ロミオ、あの人、全然話聞いてないよ」

ロミオの隣にいる魔族が、ロミオに話しかけているのが見えた。

「ああ、言われなくてもわかってんよぉ……。王族を殺す前にまずはお前を殺してやるよ！」

ロミオは俺に魔法を打つのは有効ではないと判断したのか、拳を握り締め、かなりの速度でこちらへ接近してきた。

「危な⁉」

圧倒的なステータス差があるとは言え、人型との殺し合いが初めてだった俺は、思わず顔の前で腕を交差させてしまった。

それを見たロミオは、鞘から剣を抜き、俺の腕ごと叩き斬ろうと、剣を振るった。

が、俺の腕は剣を受け止めてしまった。

「…………は？」

呆気に取られるロミオ。

俺はここしかないと思い、ロミオの顔面に〝少し軽めに〟拳を食らわせた。

「ぐっふぉぉぉぉぉぉぉぉぉ！？！！？」

だがその威力に、ロミオは軽く20メートルは吹き飛び、魔物の群れに呑み込まれた。

「す……凄い……」

後ろに居るファルが呟いたが、俺だって正直ここまでなるとは思ってなかった。

だが、これならいける……と思っていると、

「おいおいおいおい…………最高じゃねぇかよぉぉぉぉ‼」

魔物の群れに呑み込まれたロミオの声が戦場に響いた。

いまだにロミオの姿は見えないが、なにやら魔物が声が聞こえた方に引き寄せられているように見えた。

魔物はどんどん数が減っていき、それに伴って魔物を引き寄せていると思われるロミオの体はぐんぐんと大きくなっていく。

「あれって……魔物を取り込んでるの⁉」

ファルが声を荒らげている間にも、ロミオは体積を増していった。

「さっきの拳……初速が速すぎて捉えられなかったぜぇ？　だから、そんなお前には本気でやってやるよぉぉぉ‼」

そうしてすべての魔物を取り込み、10メートル以上の巨体となったロミオは、両手を握り締

め
「お返しだ」

こちらへ数歩踏み出したと思ったら、拳での乱打を繰り出してきた。

一撃一撃が弾丸と同じような速度で繰り出されるそれは、普通に食らえばひとたまりもないものだったが、

「もうさっきので速さにはちょっと慣れたわ」

軽々と拳を受け流しながら、少しずつロミオの方へと近づいていく。

「ふざけるなふざけるなふざけるなぁぁぁぁぁ‼　何で効かねぇんだよぉぉぉぉぉぉ！！！！　俺は旧魔王軍戦闘部隊《ヘルメス》の……」

「そういうのはどーでもいいんで」

ある程度の距離まで近づいた俺は、瞬時にロミオの心臓部分と思われるところまで跳躍すると、今度は思い切り拳をぶちこんだ。

「ぐぼぁぁぁぁぁぁぁぁぁぁぁぁ！！！！」

その拳による一撃は、巨体となったロミオの体に風穴を空けるほどの威力だった。

生死など、確認するまでもなかった。

「さて」

俺は後ろを振り向き、もう一人の魔族を相手しようとしたが……。

「……あれ？」

すでにそこに魔族の姿はなかった。


「本当に助かった、礼を言わせてくれ。此度の活躍、見事じゃった。お主がいなければワシらは間違いなく死んでいた。ありがとう」

その後、目を覚ました王に俺は礼をされた。

「いやいやいやいやいや‼　顔を上げてください！　別にそんな凄いことは……！」

「謙遜《けんそん》しなくてもいいんだよ？　君のおかげで王族や護衛に死人が出なかったんだから」

ファルがそう言うが、俺としてはただ殴っただけなので、いまいち実感がない。

っていうか……、心なしかファルが少しニヤニヤしながら俺を見ている気がするが、まさかバレてないだろうな。

そう思っていると、ファルは俺の耳元に口を寄せてこう囁《ささや》くのだった。

「来てくれるって、信じてた。ありがと、アル君」

「な……なんのことかな？」

バレてた。

おい隠蔽《いんぺい》魔法、仕事しろ。

「姿は隠してても、声でわかるよ？」

「……盲点だった」

そうだった。

俺は一応コイツと話したことあるんだった……。

それなら声でバレる可能性があった。

「大丈夫だよ、お父さんには君のことは教えないから」

「……いいのか？」

俺としては願ってもない発言だが、それは農民生活を続けていたい俺にとってはとても助かるものだった。

「君が乗り気じゃないのに無理矢理連れていくのは嫌だからね」

「え？　いや、そういう割には王宮のやつらにすでに話を通してた気がするんだが」

「ああ、あれはね、私が助けられたところを見ていた騎士さんが――」

「ああ、もういい、だいたい察しがついた」

つまり王宮が俺を欲しがっていた件に関してはコイツは俺のことを王宮に何も伝えていないってことか。

ん？　でもそれなら……。

「なんでお前は俺のこと欲しがってたんだ？　やっぱり王宮のため？」

「それもあるけど、やっぱり私は個人的に君に興味があるの。だから私は君を誘った、おーけー？」

「お、おう」

「でも、君はこっちに来てくれないみたいだし、今回は諦めるけど、私個人としての　交渉は続けていくからね？　そこのところ把握《はあく》してくれると嬉しいな」

「勘弁してくれ……」

俺は両手を上げて降伏の意を示したが、ファルはそれを見てもただ笑っているだけだった。

会話が一区切り付くところを狙っていたのか、王は俺に話しかけてきた。

「ところでお主、もしもこの国の者であるなら王宮に仕えてみる気はないか？」

お前もか。

俺はあの台詞を発するために息を吸うと、

「このような農民の出である私に大変光栄で魅力的なお話でございますが、それは私の身に余るお仕事でございますのでお断りさせていただきます！」

そう早口で捲《まく》し立て、すぐさま逃げ出した。

「ちょ⁉　それ私のときと同じ断り方だし農民ってバラしちゃってるよ⁉」

なんか聞こえたけど気にしない。俺はとにかく早くここから離れることに全力を尽くした。

そして、その後ろ姿を王とファルは見ていた。

「……行ってしもうたのう、さすがはあのローブを受け継ぎし者じゃ……」

「？　それはどういう意味？」

王がそう言ったのを聞き、ファルが聞くと王は懐かしむように語り始めた。

「あのローブは、20年前に隠居した元宮廷魔術師の身に着けていたローブじゃ。背中に赤い紋章があったじゃろう？　それが証拠じゃ」

「宮廷魔術師!?　いや、でも他の人とずいぶんデザインが違うんだけど……」

「やつはあまり目立ちたがらなかったからのう……わざわざ地味なものを作らせたのじゃ。しかも最後は貧民な村の村長になって村を立て直したいと言って、定年前に自ら退職していったのじゃ……。村の名は確か……シルス村、じゃったかのう？　そこを探ればあの者のことがわかるじゃろ」

（あはは……、お父さんまで手に入れようとするなんて……、アル君、もう逃げられないかもなぁ……）

多少はアルに同情しつつも、ファルはどうやってアルを王宮に仕えさせるかを考えていた。

後日談、そして決意

「おー、よく育ってきたなぁ。そろそろ収穫時だな」

魔物の群れの侵攻から一週間が経過し、王都には再び元の平和な生活が戻り、俺は相変わらず畑仕事をしていた。

あのあと、俺が王族達から逃げ出したのとほぼ同時に西側の魔物の群れも逃げ出したらしい。

統率者がいなくなれば指揮が狂うのはわかるがいきなり逃げ出すというのはおかしいので、俺はあの場にいたもう一人の魔族の仕業ではないかと考えている。

結局、あの魔族は何がしたかったんだろうか。

とはいえ、もう終わったことだし、今後俺が関わることもないだろう。

そして、ファルはどうやら俺のことを本当に教えていないようで、俺のところに王宮から使者が来るなんてこともなく、平和な農民生活を送っている。

「さてと……じゃあそろそろ…………何でいんの？」

畑仕事を終え、立ち上がって後ろを振り向くと、そこにはニコニコしたファルがいた。

「えへへ、来ちゃった」

「『来ちゃった』じゃねぇよ⁉　一応お前王女様だろ⁉　王都からここは結構離れてるけど来

て大丈夫なのかよ⁉」

「平気だよ。ちゃんとお父さんに許可は取ってあるから」

ああ、ならまあいいか……。ん？

「待て、今なんつった？」

「えへへ、来ちゃった」

それじゃねぇ。仕草まで再現すんな。

「もうちょい後のやつ」

「平気だよ。お父さんにはちゃんと許可は取ってあるからってところ？」

「それそれ………。え？　お父さんに許可取ったって……。なんて説明したんだ？」

「アル君のところに行ってくるーって言ったら普通に許可出たよ？」

「いやいやいやいやいや！　なんでそれで通じてんの⁉　お前、まさか俺の正体を……‼」

「ううん、私は何もバラしてないよ？」

「え？　じゃあ何で俺のことを……」

「あのローブだよ」

ローブ？　ああ、村長から借りたやつか。

「それがどうかしたのか？」

「ここの村長さんってね、元宮廷魔術師だったんだって！」

「嘘だろ⁉　あの温厚な爺さんが⁉」

ファルのその言葉に思わず俺も驚いた。

村長はとてもではないが戦闘出来るようには見えなかったからだ。

だが言われてみれば地味に筋肉がついていたような気がしなくもない。

「うん、それでね、アル君が着てたローブ。あれね、村長さんが現役時代に着てたものなんだって。だから私のお父さんはすぐに村長さんに連絡して、君の正体を聞いたんだって」

「……村長絶対わかっててやりやがったな……」

俺が大きく溜め息を吐くと、ファルは俺の肩に手を置いた。

「まあ、そのおかげでアル君が住んでる場所がわかって私が会いに来れたし……。よかったね！」

「そうですか、お帰りはあちらの道になります」

「まだ帰らないよ⁉」

ちぇっ。そのまま乗ってくれれば楽だったんだが。

「んで？　何で俺のところに？　まさかまた誘いに来たわけないよな？」

「え？　その通りだけど？」

きょとんとした顔でそんなことを言うファル。

俺は一度目を閉じ、そのあと満面の笑みを浮かべた。そして、

「お断りします」

「ですよねー、でも少しくらい考えてくれても……！　それに、王宮につとめるんじゃなくてもせめて王都に滞在するくらいなら……」

「それだと農民生活が出来ない。却下」

「ううー、アル君、難攻不落すぎない？」

「ふははは、俺を説得したくば広大な畑と透明度の高い海を用意するんだな」

「凄まじい農民根性だ‼」

俺とファルが言い争っていると、村長がこちらに歩いてきた。

「おお、やっぱりここにいたんじゃな」

「村長……あんたのせいで俺正体バレてんだけど。それに、俺は何があっても王宮につとめる気なんてないぞ？」

「アル」

急に村長が真剣な雰囲気になった。

「な、なんだ？」

「王都に行ってきなさい」

「はぁ⁉　え？　ちょ！　何でだよ⁉　俺に農民生活は諦めろと⁉」

「そういうことを言っているわけではないのじゃが……。お前はしばらく農民生活とは離れた生活をしてみた方がいいと思うのじゃ」

「何でだよ?」

「お前は知らないことが多すぎる。また、経験も足りない。それなのに将来を決めるには早いのではないかと思うのじゃ。だから、一度王都に行って、いろんなことを経験してくるのじゃ。そして、数年ほどやってみて、それでも農民生活以外にしたいことが無ければまた戻ってきて畑仕事でも漁でもなんでもしたらええわい。案外、農民生活よりも楽しいものが見つかるやもしれんぞ?」

「……」

そんなふうには考えたことがなかった。

村長の言葉には俺を王宮に仕えさせたいという意思が多少は感じられるものの、大部分が俺を思って言ってくれていることだというのが理解出来た。

〝あれ〟のことだってあるしな……だったら、いろいろ経験してみるのもいいんじゃないか？　まんまと狙いに乗せられているようで多少は癪《しゃく》だけど……。

「そういうことなら、行く」

「本当!?」

ファルが俺の右手を両手で取って喜んだ。

「あ、でも王宮はないわ。それだけは絶対」

「それはいいの、別に」

え？　いいの？

「アル君が王都に来てくれるってだけで、とっても嬉しいんだ。だから、今はまだこれでいいの」

勧誘する気は満々なのな……。

「アルならそう言うじゃろうて、すでに王都に家を手配してあるのじゃ。場所は後で紙に書いて渡すから、ちゃんとそこで暮らすのじゃぞ？」

「わかったよ、村長」

とりあえず、まずは冒険家でもやってみよう。

他にもいろいろ、そう、いろいろだ。

俺は無意識に口元に笑みを浮かべていた。

それに気がついたファルは、何も言わずにただ嬉しそうに笑っていたのだった。

王都での生活・王都メイギス

その都市には冒険家ギルドというものがある。

そしてその近くに、俺の新しい住居が建っていた。

「ここか」

なかなかに良い家だった。それに、一人で住む家だというのにそれなりに広い。

「立派な家だね」

「それ、王宮に住んでるお前が言ったら皮肉にしかならないからな？」

「そうかな？」

無自覚で言うから恐ろしい。

「さて、今日は荷物整理を…………………あっ」

そういえば一つ忘れてたことがあった……。

「アル君？　どうしたの？」

「いや、あの、さ。王様って俺の正体知ってるんだよな？　王様から勧誘されたら辛いんだけど」

「そこは心配いらないと思うよ。お父さんが知ってるのはあくまでアル君の名前だけで、顔は知らないから」

「いや、でもさ」

俺は後ろをチラ見した。

後ろには、ファルを守るためにシルス村までの道程から今までずっと付いてきている護衛がいた。

「ファルの護衛《こいつら》は俺の顔を見ちゃってるし、それに家も知っちゃってるじゃん？　大丈夫なのか？　この人達が王様に呼ばれて俺のことを聞かれたら、俺の王都生活終わるぞ？」

「大丈夫、口封じして《だまらせて》おくから」

「意外と怖いなお前⁉」

「将来は私のことを守ってもらう予定だし、そんな人に辛い思いはさせたくないでしょ？」

「おいまてなぜそうなる。俺は王宮に仕えるとは言ってないだろ」

「うん、だって私はアル君には王宮じゃなくて私に仕えてほしいんだもん」

「専属護衛かよ、ちくしょう‼」

「ちなみに役職は護衛長の予定です」

「うわぁぁぁぁぁぁぁぁぁぁぁ‼」

さよなら俺の未来の農民生活。

「――さて、冗談はこれくらいにして家に入るか」

「冗談ではないんだけどなぁ……。あっ、護衛さん達、もう王宮に戻って大丈夫ですよ！　それと……アル君の情報をお父さんに言ったら……わかってますよね？」

ファルがそう言うと、護衛達の顔が青くなった。

「ぎょ……御意《ぎょい》‼　そ、そ……それでは！　失礼致しました‼」

そう言って護衛達は馬車に乗せてくれていた俺の荷物を置くと、逃げるようにそそくさと王宮へと戻っていった。

「……今気がついたんだけどさ。お前、俺に迷惑かけたくないから王宮に俺のことを伝えないんじゃなくて、俺を王宮という組織に取られたくないから情報を伝えてないんじゃ……」

「うん、それもあるよ」

「腹黒っ⁉　可愛い顔して腹の中黒っ⁉」

「そうかな？　そう言ってもらえると、その、嬉しいな……」

「腹黒いって言われたこと嬉しいとかどんだけだよ⁉」

何で急に睨むんだ。


「ふぅ……ようやく終わった……」

男の一人暮らしだというのに、なぜか無駄に荷物が多かったので、少し時間がかかってしまった。

「アル君、お疲れ様」

「おう、ファルも手伝いありがとな。助かった」

礼を言うとなぜかファルがこちらを向いて目を見開いた。

「あのアル君がお礼を……⁉　明日は雨でも降るんじゃ……」

「おっけー表出ろ」

「大丈夫、半分冗談だから安心してよ」

半分は本気なのかよ……。

俺だって礼くらい言うぞ？

「まっ、とはいえこれで引っ越し作業も終わったね」

「ああ、明日からは早速冒険家ギルドにでも行ってこようと思ってるよ」

「うん、アル君ならきっとすぐにSランクになれると思うよ。いや、もしかしたらSSランクも夢じゃないかもね、頑張って」

冒険家にはランクがあり、SS～Gランクまである。

といってもSSは勇者のためにあるランクなので、実際はS～Gランクまでだ。

B～Cランクだと一人前だと言われるレベルらしいので、ひとまずはそこを目標に頑張るつもりだが……。

「Sなんて目指さないぞ？　目立つじゃないか」

「そうなの？　残念」

そう言いながらも全然残念そうじゃないので、多分ほとんど気にしていないのだろう。

「さてと、名残惜しいけどそろそろ私も帰らなきゃ。明日から頑張ってね」

そう言ってファルが家を出ていこうとするので、俺も付いていく。

「見送りかな？　嬉しいけど気にしなくてもいいのに」

「いや、王宮近くまで送ってく。初めて会ったときみたいに誘拐されちゃたまらん」

「そっか、……ありがと」

俺は王宮前にいる門番の視界に入らない位置までファルを送ったあと、家へ帰宅した。

ギルドにて

翌日、俺は起床すると自分が空腹なのに気がつき、少しお金を持って外に出た。

「うわぁ……」

この時間、村だとまだ静かだが、王都はすでに賑《にぎ》わっていた。

これが朝市ってやつか……凄いな。

キョロキョロしながら歩いていると、何やら良い匂いがしてきたので、匂いの元だと思われる場所に足を運んだ。

おお、串焼きか……、美味《うま》そうだけど朝から肉は胃に重そうだ……。でも一本100ネル（ネル＝円）はなかなかお手頃価格だな。よし、買うか。

「おじさん、3本ください」

「おう！」

おっちゃんは慣れた手つきで串焼きを小さな紙袋のような物に入れた。

「300ネルだ」

「はい、ぴったり300ネルです」

俺がおっちゃんに金を渡すと、おっちゃんは俺に串焼きを渡してきた。

「毎度！　また来てくれよな！」

豪快に笑うおっちゃんの店を後にして、俺は串焼きを食べつつ冒険家ギルドへ向かった。

「美味《うま》っ……、これが職人技ってやつなのか……！」

思わず、同じく食物を扱う農民として戦慄《せんりつ》を覚えたが、考えてみれば食物を育てるのと食物を料理するのは全然違うじゃないかということに気がついたので落ち着いた。

というかそもそも俺が育ててるのは野菜だから肉関係無いじゃねぇか。あ、家畜がいたか。

そんな考えをしながら歩いていると、ちょうど3本目の串焼きを食べ終えた頃に、冒険家ギルドに着いた。

「噂じゃ新人イビリがあるなんて聞くし……。用心しておかないとな」

俺は一度深呼吸をすると、意を決して扉に手をかけ、中に入った。

「おお………」

冒険家には荒くれ者も少なくないと聞くが、内装は綺麗で、とてもそんな荒くれ者が使用しているようには見えなかった。

多分、皆マナーがいいんだろうな。

辺境の田舎《いなか》から初めて都市に出てきた若者のようにキョロキョロと見渡していると、受付らしきところから女の人がこちらへ近づいてきた。

「何か用でもあるの？」

そう言って近づいてきたのは20歳前後くらいの青い髪の女の人だった。

髪は長いわけではなく、また短いというわけでもないという印象を受けた。

「実は冒険家ギルドに登録をしたいんですが、どうしたらいいですか？」

「ああ！　それだったら私が担当してあげる。ちょっと付いてきてくれる？」

「わかりました」

思えば相手が年上だという理由で敬語を使っているがそれだったら王女《ファル》にも敬語を使うべきなんだろうけど……。

命令されちまったからなぁ……。

どうしたもんか……。

閑話休題。

受付近くの席に案内された俺は、さきほどの人から紙を渡された。

「この紙に記入事項を書いてほしいんだけど、文字の読み書きは大丈夫？」

「大丈夫です」

「そう？　なら書き終わるまで待ってるから、ゆっくりで良いからお願いね？」

そう言うと彼女は俺の対面に座った。

「……なぜそこに？」

「まだ朝早くて誰もいなくて暇なの。だから話し相手が欲しいなって思って……ね？」

「は、はぁ……」

「じゃあまず自己紹介から。私の名前はヘレン・リーン、見ての通りこのギルドで受付嬢をやってるの。よろしくね。はい、選手交代。次は君の番」

「俺はアル・ウェインです。前まで超一流の農民を目指してましたが、まだいろんなことの経験が少ないのに将来を決めるのは早計すぎると思って王都に出てきました。よろしくお願いします」

俺が自己紹介を終えると、ヘレンさんが机にうずくまっていた。

心なしか少しプルプル震えているように見える。

「超……っ、一、流の……農民なんて……、そんなの……」

これ絶対笑いを堪えてるだろ。

なぜこれを言うと初対面の人に笑われるのか。

これは俺の中での謎の一つだ。

「まあ超一流の農民ってのは俺が言い始めた造語ですし、まだ架空のものですよ」

「そっか……でも。もしもアル君が本当にそれを目指すなら、きっと……ううん。絶対なれるよ。その超、一流の……農民っ……にっ……」

「笑いを堪えるくらいなら言わなくていいですよ」

またもやうずくまって笑いを堪えているであろうヘレンさんに、俺が冷たい目線を向けると、

彼女はごめんごめんと言いながら顔をあげた。

心なしかさきほどより顔……特に目尻が赤くなっている。

さては涙が出るレベルで笑ったな、この人。

「さて、書き終わったんで、これ。よろしくお願いします」

「うん。それとステータスカードがあれば魔力を流してから貸してくれる？　本人確認の為にね」

「わかりました。はい」

紙とステータスカードを俺から受け取ったヘレンさんは、内容に間違いがないかを俺に確認すると、紙を持って受付カウンターの奥へと入っていった。

それからしばらく待つと、ヘレンさんはステータスカードともう一枚のカードを持ってこちらへやってきた。

「これがアル君のギルドカードだよ。再発行にはお金がかかっちゃうから無くさないようにね。普通なら初回もお金がかかるんだけど、今回は特別にお姉さんが払っておいてあげたから、大丈夫だよ」

「ええ!?　そんな!?　悪いですよ！」

「気にしないで、まだ暫定《ざんてい》ではないとはいえ、貴方の将来を聞いて笑っちゃったでしょ？　そのお詫びだから、気にしないで？」

「……そういうことなら」

「うんうん！　ちっちゃいうちは大人の厚意に甘えておきなさい」

「子供って年でもないですよ……？　俺は一応17歳なんですが……」

「私から見たら子供だもの」

それを言われたら敵わん。

「じゃあ、アル君のランクは一番下のGランクから始まるわけだけど……。早速、依頼受けてみる？」

「おっ、あったあった。これで9本目だな」

俺はあのあとメルク草という植物を最低10本以上納品してほしいといった依頼を受けた。

場所はこの前王族が魔族に襲撃された、ヘレスト草原近くの名もなき小さな森。

もう少し奥へ向かうと辿り着くグリムの森と違って、ここには今は魔物はほとんど生息していないため、安全とのこと。

また、メルク草は精神のリラックスに効果があるので、重宝されている。

しかし、こんなただの草にしか見えないものにそのような効果があるとは誰が想像しただろうか。

勇気ある先人たちが生で食べたり煎《せん》じて飲んだりしなければ発見されなかったのだから。

特に精神に効果があるものは効能がわかりにくいため何度もこれを口にしたことだろう。

先人たちには感謝しなければならない。俺だったら絶対嫌だし。

そんなことより、あと一本あと一本……。

「ん？　なんだありゃ？」

メルク草を探していた俺の目の前に小さな黒い円盤状の物が落ちていた。

拾って確かめてみると、どうやら鱗《うろこ》のようだ。

しかし、鱗《うろこ》を持つ魔物なんてここにはいないはずだし……。

あとでこれがなんなのか誰かに聞いてみるか。

俺はポケットに鱗《うろこ》を入れると、メルク草を探すために歩き始めた。


一時間、いや、二時間は経っただろうか。

いまだにメルク草の最後の一本が見当たらない。それに、気がついたらかなり奥地まで来てしまっていたようだ。

地形把握《はあく》スキルがあるので、帰り道はわかるので、一度戻ろうと思ったそのとき、

「……あ‼」

目の前にお目当てのメルク草が生えているのを発見した。それも1本や2本ではない。あちこちにたくさん生えていたのだ。

「ここが穴場ってやつか……？　とにかく、出来るだけたくさん持ち帰るか」

俺は持ってきた袋にメルク草を入れていく。

数が多ければ多いほど報酬は増えるらしいので、出来るだけ持って帰ろうと思っていた。

そして、次のメルク草を取ろうとしたそのとき、メルク草が何者かに踏み潰された。

「おわっ⁉」

採取に気を取られすぎて何かが近付いてきてるのに気づいていなかった俺は驚き、尻餅を突いてしまった。

しかし、誰がメルク草を踏みつけるなんて酷いことを………。

そう思って顔を上げると、雌のオークが鼻息を荒くしながらこちらを見下ろしていた。

あれ？　雌のオークってかなり希少だって聞いたことがあるんだけど何でここにいるの？　ってかなんでそんなに鼻息荒くしてんの？　そのとき、俺の記憶から本に記されていた一つの文章が引き出された。

『オークは性欲が強いため繁殖力が高く、いつでも発情している。これは雄でも雌でもかわることはない。そして、オークは雌の方が性欲が強い。詳しい理由は解明していないが、おそらく雄に比べて雌の数が極端に少なく、たくさんの雄のオーク性行の相手をしなければならないので、そうなったと考えられる。なお、オークは同族、もしくは〝人型の生物〟ならとにかく犯す習性がある。不幸にも雌のオークに出会ってしまった男性は、すべて搾《しぼ》り取られて死亡した例もある。気を付けるようにしてもらいたい』

「…………つまり俺は格好の獲物……と」

「ブルォア‼」

我慢出来ないといった様子で、オークは俺を押し倒してきた。

「うわぁぁぁぁぁぁぁぁぁぁぁぁぁぁぁ‼　待て待て待て待て待て待て待て‼　ちょっ！　ズボンを下ろそうとすんじゃねぇ！　ぎゃあぁぁぁぁぁぁぁぁぁぁぁぁぁ‼　こんにゃろぉぉぉぉぉぉぉぉぉぉぉ‼」

俺は叫びながらも顔面に拳をぶちこもうとした。そのとき、

「強打斬撃《フルパワースイング》‼」

俺の上に乗っていたオークは横からの衝撃で吹き飛ばされた。

飛んでいったオークを見ると、上半身と下半身に両断されていた。

「おお、どっかで見覚えがあると思ってたら、お前、あのとき王女様と一緒にいたやつだろ？大丈夫か？」

声がした方を振り向くと、見覚えのあるスキンヘッドのおっさんがいた。

王女と一緒にいたとか言ってたような……ああ、思い出した。

あのとき俺がファルから逃げようとしたときに来た4人組の冒険家の1人か。

「ありがとうございます。助かりました」

「ははっ、そんな堅っ苦しい言葉じゃなくてもいい。どれ、王都まで送ってやろうか？」

またオーク《あんなの》が来たら堪らないし、ここはお言葉に甘えておこう。

「お願いしま……、いや、頼む」

堅っ苦しい言葉でなくても良いと言われたので、元の言葉遣いに戻した。

しかし、ステータス上では強くても、本能的に勝てないやつもいるんだなってことが改めてわかった気がした。

おっさんが歩き始めたので、俺もそれに付いていった。

「まずは俺の仲間と合流させてくれ、お前の叫び声を聞いて飛んできちまったからアイツらを置いてきちまったんだ。そうそう、紹介が遅れたな。俺はジェイクっつーんだ。お前は？」

「俺はアルだ。よろしくな、ジェイクさん」

「おう、こちらこそ。ところでアル。なんでお前、グリムの森なんかにいるんだ？」

……え？

訪れた絶望

待って？　グリムの森？

俺は名もなき森にいたはずでは？

「その顔を見るに……お前、さてはここがグリムの森だってわかってなかったな？」

「ああ、その通りだよ、ジェイクさん……」

どうりでメルク草がたくさん生えてたはずだ。

あの名もなき森は安全だから、俺と同じ低ランク冒険家達がメルク草を採取しているだろうからメルク草が見つかりにくかったんだろうけど、グリムの森まで来てメルク草を取れる人はむしろ採取依頼ではなく討伐《とうばつ》依頼を受けるはずだ。

だからこそグリムの森であるここにはメルク草がたくさん生えていた……と。

「たまにいるんだよ。名もなき森だからって油断して奥に行きすぎて、いつの間にグリムの森に入ってたって奴が」

「それがまさに俺だったってわけか……」

ってかまずグリムの森と繋がってるなんて俺はヘレンさんから聞いてなかったんだが……。

まあ普通は知ってて当たり前なんだろうな。

皆が知らなそうな情報ならヘレンさんは教えてくれるはずだ。――多分。

そう考えていると、ジェイクさんが仲間を見つけたようで、

「おーい！　お前ら！　戻ってきたぞー！」

そうジェイクさんが声をかけたのは、この前一緒にいたのと同じ人達だった。

前はどう脱出するかに必死で、あまり見ていなかったが、今見ると全員俺とほぼ同世代のように見える。

「ジェイクさん……相変わらず何事もなかったかのように人助けしてきたんですね……」

そう言ったのは青い髪で眼鏡をかけた男だった。

彼はジェイクさんから視線を外し、俺の方を向くと、

「初めまして……ではないですよね？　とはいえお互いに名前も知らないので、まずは自己紹介でもしましょうか。僕はルークといいます。よろしくお願いします」

「俺の名前はアルだ、よろしく」

「じゃあ呼び方はアルっちだね！」

そう言ったのはアホ毛の生えたオレンジ色の髪の女の子だった。

「あ……アルっち？」

「うんうん！　あっ！　私はラミアっていうの！　よろしくね！」

そう言いながら俺の手を掴みブンブンと腕を上下に振るラミア。

握手のつもりなのだろうが、そんなに振るとちぎれそうで怖い。

「私はシルといいます、よろしく」

そう言ったのは銀髪の女の子だった。

「ああ、よろしく」

シルは自己紹介が終わったあとも、ずっと俺を見ていた。

正確にはブンブンと振られている俺の腕を。

「……その子、言わないと止まらないわよ？」

「ずっとやってるなと思ったらそういうことかよ⁉」

すぐさまラミアに握手（？）をやめさせたが、ここで俺はひとつ思い付いた。

この人達、もしかしたらさっき拾った鱗《うろこ》のことを何か知ってるんじゃないか？　グリムの森に来るくらいだ。

冒険家としてのランクもそれなりにあるだろうし、特にジェイクさんは経験も豊富だろう。

それに加え知識もあるだろうから、きっと何か知っているかもしれない。

よし、聞いてみよう。

俺はポケットから鱗《うろこ》を取り出して、その場にいる全員に見えるように手を出し、

「なあジェイクさん達、突然悪いんだが、これが何か知らないか？」

「ああ、こいつは最近名もなき森や、ここグリムの森になぜかたまに落ちてる正体不明の魔物

の鱗《うろこ》だな」

「でも質が良いみたいで売ると結構な値段になるんですよね」

「私達も何回か拾ってるけどねー」

「でも、結局今のところは何も判明してないらしいわ」

「噂じゃ黒龍なんて言われてるらしいぞ。とはいえ黒龍と鱗《うろこ》の構造が似ているとは言え、その質は格段にこれの方が上らしいから、そこんところどうなんだって感じだな」

黒龍？　聞いたことはないが多分それなりに強いんだろう。

ってか、この鱗《うろこ》の持ち主が〝その程度〟の存在で済めばいいんだが……。

なんてことを考えていたそのとき、突如、極大の寒気を感じた。

「……‼」

あまりにも恐ろしい気配に声も出なかった。

それはジェイクさん達も同じようで、全員動くことすら出来なかった。

森の奥の方から、パキパキと木の枝が折れる音が聞こえた。

その音はどんどんとこちらへ近付いてくる。

そして、目の前にそれは現れた。それは黒い龍だった。

だけど、おそらくこれは黒龍なんかじゃない。

〝その程度の〟ものではない。もっと禍々《まがまが》しく、そして恐ろしい存在だった。

その龍はこちらに興味が無いのか、はたまた気がついていないのか、俺達の前を横切っていった。
せめて、ステータスだけでも……。俺はなんとか見極める力を使って、ステータスを見ることに成功した。だが、その行為は……。

邪龍ウロボロス
Lv：532
HP387055／387055
MP65535／65535
攻撃234650
防御305111
魔力280001
魔防29974
俊敏102066
スキル
【邪龍】

ブレス8
邪炎10
【魔法】
闇魔法10
呪術10
【その他】
手加減10
【恩恵】
邪神の加護
「嘘……だろ？」
俺をさらなる絶望に陥れるだけの結果となった。

知ってしまったこと、わかってしまったこと

邪龍が去ったあと、ようやく動けるようになり、俺を除いた4人は、顔を見合わせていた。

「今の……何だったのかな？」

「わからねぇ、あんなもん俺も見たことねぇぞ」

「ジェイクさんでも知らないのですか……」

「思い出すだけでも恐ろしいわ……。あれは一体……」

「なあアル、お前はどう思う？　…………アル？」

見てしまった。

絶望的なステータスの差を。

俺の防御は7万近く、魔防は8万近くだったはず。

だが、邪龍の攻撃は23万で魔力は28万だった。

太刀打ちなんて出来るわけがない。

一度でも攻撃に当たってしまえば、それで死ぬ。

とはいえ、アイツは今のところは襲ってくる気配がなかったから戦わずに済むだろう。

そうなることを祈るしかない。

だが、もし襲ってきたらそのときは――。

「――おいアル？　聞いてるのか？」

「え？」

「どうしたのー？　今アルっち、ずーっと暗い顔して考え事してたよ？」

「気分が悪いのですか？」

「いや、悪い。大丈夫だ。気にしないでくれ、それで？　何の話だ？」

「あの龍についてよ、貴方は――」

話を聞きながらも俺は考える。もし襲ってきたら、そのときは所詮ステータスに頼るだけの俺には何も出来ないだろう――と。

あのあと一度王都に戻ってきた俺達は冒険家ギルドに行こうとしたが、なんでも４人組は討《とう》伐《ばつ》した魔物の部位を依頼主に届けてからギルドに向かうそうなので、一足先に俺はギルドに来た。

ギルドに入ると、ヘレンさんが知らないおばさんと話していて、俺に気がついたヘレンさんが、

「あっ！　ちょうど良かった！　アル君！　こっちこっち！」

と言いながら手招きしてきたので、ヘレンさんの方へ向かった。

「君かい？　おばちゃんの依頼を受けてくれたのは」

「依頼……もしかしてメルク草のことですか？」

「そう。この方がアル君の受けた依頼を頼んだウォンさんなの」

「何故依頼主さんがここに？」

「ああ、実は他の依頼を頼もうとしてね。そこにちょうど、君が来たというわけなのさ。それで、メルク草は取れたかい？」

「ああ、それなら……」

俺はメルク草の入った袋をウォンさんに渡した。

「あらまぁ！　こんなにたくさん！　ありがとうねぇ！　追加報酬はたっぷりサービスしておくよ！」

「ありがとうございます」

礼を言う俺を見たウォンさんはさきほどの温厚な顔から急に真剣な顔になり、

「………何、辛気臭い顔してんだい？」

「え？」

俺はそんな顔をしていただろうか？

「何があったかは知らないけど、未来ある若者がそんな暗い顔してんじゃないよ。ほら、これあげるから使いな」

そう言って渡されたのは液体の入った小さな瓶だった。

「……これは？」

「メルク草から搾《しぼ》り取ったエキスで作った液体ハーブだよ。何かの布に付けて匂いを嗅げば少しは落ち着くよ。メルク草をたくさん取ってきてくれたから、追加報酬の一部としてタダであげるから、使いな」

「……ありが」

「ほらほら！　礼なんていいからとっとと報酬受け取って今日は帰んな！　疲れてるんだろう？」

俺はウォンさんの言葉に従って、報酬を受けとると、すぐにギルドを後にした。

ヘレンは去っていくアルの背中を見ていた。

「アル君……大丈夫かな？」

「ヘレン、そんなにあの子が心配かい？」

「ええ、なんだかほっとけなくて……」

誤解されそうな発言だが、ヘレンの顔は恋する乙女のそれではなく、親が子供を心配するような顔だった。

「………まさか、似てたのかい？」

「ええ。見た目も、雰囲気も、喋り方も、全部」

「……そうかい。しかし、何だか嫌な予感がするねぇ。何事もなきゃいいんだがね……」

その不安が杞憂《きゆう》であったのかどうかは、すぐにでも知ることになるのだった。

立ち直りと落ち込み

「はぁ……」

家に戻った俺は相変わらず不安に駆られていた。

「あんなもんどうしろってんだよ……。打つ手無しだろ……」

だからといって何の対策もしないわけにはいかないということは自分でもわかっている。わかっているが……。

別に俺は勇敢な男ではない。ステータスが高いことと、恩恵があってスキルが成長しやすいことを除けば普通の村人……農民だ。

今までだって勝てない相手なら逃げてきたし、盗賊に出くわしたときは、命乞いをして助かったこともあった。俺なんて所詮は……いかんいかんいかん。

ネガティブになっても何も始まらない。少し落ち着こう。

ちょうどウォンさんから貰った液体ハーブがあるし、それでリラックス出来るなら儲《もう》けものだな。

俺は適当な布を持ってきてハーブを垂らして染み渡らせると、布を顔に押し当てた。

心地よい香りが俺を癒し、なんだか落ち着いてきた気がする。

もしかしたら事前にリラックス効果があると知っていたから、その先入観で落ち着いたのかもしれない。だが、それでも十分だった。

「……こりゃメルク草が重宝されるわけだ」

さきほどより随分と冷静になった気がする。

今になって落ち着いて考えてみれば、アイツは攻撃と魔力のステータスは恐ろしいほど高かったが、その反面、防御と魔防についてはかなり脆《もろ》かったはずだ。

常人の攻撃なら通らないレベルの防御力ではあるが、俺なら無理矢理ダメージを与えられるはずだ。

つまり、攻撃を食らわなければよい。

いや、でもブレスなんてスキルも持ってたし、あの魔力を込めたブレスなんて吐かれたら回避なんて不可能じゃ……。

ええい、だから今はネガティブ思考はなしだ。

ようはブレスが吐かれる前……不意の最初の一撃にすべてを込めれば、運が良かったらいけるんじゃないか？

そうだ、やりようはいくらでもある。徹底的にアイツを調べあげて出来ることを全部やってやる。

「……よし、明日からはしばらく調査に時間を割くか」

俺はそう決意した後、早めの夕食を取って、明日に備えて就寝した。

時はアルがギルドから帰って数分経ったところに戻る。

ヘレンとウォンが話をしていると、ジェイク達がギルドに入ってきた。

「あらジェイクさん。依頼の方はどうだったの？」

「ああ、依頼の方は問題ねぇ……だが……。その……なんつーか」

「こう……凄いのがね……？」

「？　何かあったのかい？」

ジェイクとラミアの焦らすような話し方に、ウォンが痺《しび》れを切らしたのか、追及した。

「はあ……僕が話しましょう。ですが、ここで話せば他の方の耳に触れて騒ぎになる可能性があります。個室で話したいのですがよろしいですか？」

「わかった。ウォンおばさん。少しここで待っててくれる？」

「はいよ」

「じゃあ4人とも、こっちに来て」

ヘレンが個室に4人を案内した。全員が入室し、扉が閉まったことを確認すると、ルークは話し始めた。

「実はグリムの森に黒い龍が出たんです」

「黒龍が……？　それは珍しいこともあるのね……」

そう言ったヘレンの表情がほんの少し歪んだ気がした。

「ヘレンさん、あれは黒龍なんてもんじゃないです。ジェイクさんでも知らないと言ってましたからね。おそらく、もっと禍々《まがまが》しい存在だと思います。何かご存知ありませんか？」

ルークの質問に、ヘレンは一瞬顔色を悪くさせたが、すぐに元の表情に戻した。

「わ、私は知らないかなっ！　ごめんね？　役に立てなくて」

無理矢理作ったようなヘレンの笑顔を、ルークは怪訝《けげん》に思い追及することにした。

「……いや、その様子は……」

だが、ルークの発言の途中に、シルがルークの肩を掴んだ。

「ありがとうございました。さ、今日は帰るわよ」

「え、いや、でも」

なおも追及しようとするルークの耳元に、シルは顔を近づけ小さな声で、

「もしかしたら触れられたくない過去があったかもしれないでしょう？　人の傷口を抉ってまで聞くことはないわ」

「……すみません」

「い、いえ。こちらこそ……」

ルークはシルの発言を聞いて反省し、ヘレンに謝罪すると、4人は部屋から出ていった。

その後、ウォンが部屋に入ってきた。

「……あんたもずいぶんと顔色が悪くなってるじゃないか。大丈夫かい？」

「平気……とは言えないかも……」

「……あんまり溜め込みすぎないようにするんだよ？　あんたにもハーブあげようか？」

ヘレンはその言葉には答えずに、ただただ暗い顔をしていた。

調査開始

翌日、俺は冒険家ギルドへと向かっていた。

理由はあの邪龍の詳細を調べるためだ。魔物のことなら、冒険家やギルド役員の人達が一番知っているだろう。そう考えてのことだった。

早速ギルドに着いたので誰か聞けそうな人を探したが、朝早すぎたのか、冒険家の人達はあまりいなかった。

しまった……農民の朝は家畜の世話とか畑仕事があるから早いけど、冒険家の人達がそれと同じくらいの時間に起きるとは思えないってことに今さら気がついた……。

とはいえ、ギルド役員の人達はちらほら見かけるので話を聞いてみるが、これと言って有益な情報は得られなかった。

あれ？　そういえばヘレンさんが見当たらない。昨日はこの時間にはいたのにな。

不思議に思ったので他のギルド役員の人に聞いてみると、どうやら今日は体調が優れないので休ませてもらったらしい。

昨日会ったときはそんなふうには見えなかったので、周りに体調が悪いのを悟られないように勤務していたヘレンさんが改めて凄いと思った。

結局、ここではほとんど情報は集まらなかったが、まだ手段は残されている。

図書館だ。図書館にならきっと邪龍のことが記されている本があるはず。

とは言え場所は知らないので、適当に誰かに聞くか。

俺は目の前を通りかかった商人の男に話しかけた。

「すみません、ちょっといいですか？」

「あ、はい。なんでしょうか？」

「図書館の場所知ってますか？　知ってたら教えてもらいたいんですけど」

「ああ、それなら向こうの角を左に曲がって、そのあと今度は５つ目の角を右に曲がってください。最後に３つ目の角を左に曲がれば図書館です」

「わかりました。ありがとうございます。それでは！」

「あっ、ちょっと待――――」

俺は礼をすると聞いた場所へと走り出した。

(ここで本気で走るとヤバイので、軽めにだが)

後ろから声が聞こえた気がするが、恐らく気のせいだろう。

図書館に到着し、その大きさにしばらく呆然としていたが、そんなことをしている暇はないことを思い出し、扉に手をかけた。

ガチャン。

「え？」

開かない？　何で？

顔を上げると、扉に貼り紙がしてあった。

『開館は10時からです』

「まだ開館前なのかよ!?」

俺は急いできた意味がなかったことに若干落ち込みながらも、開館を待つことにした。


10時になり、図書館が開館すると、俺は一番に中に入った。

予想以上に本が大量にあり、探すのには骨が折れそうだ。

だが、『植物関連ゾーン』や『魔物関連ゾーン』など、本の内容によって、本の置く場所を分けてくれてあるので、かなり探しやすくなっているはずだ。

『魔物関連ゾーン』に行くと、さらに『ゴブリン関連ゾーン』や『オーク関連ゾーン』など、魔物の種類によって分かれており、俺は『龍関連ゾーン』に向かい、邪龍についての本を探し始めた。

「邪龍、邪龍……と」

数時間後、『龍関連ゾーン』にはお目当てのものがなかったので、もしかしたら他の魔物のところに紛れ込んでいるかもしれないと思った俺は、すべての場所を何度も探したが、邪龍についての本は見つからなかった。

どこにあるんだろうか。もしかしたらないパターンなのか？

一応係員に聞いてみて、それでないようならまた別の方法を探そう。

俺は受付（本の貸し出しなどをするところ）に向かい、座っていた受付のおばさんに聞いてみることにした。

「すみません、邪龍についての本を探しているんですが、どこにあるんですか？」

それを聞いたおばさんは、溜め息を吐き、

「残念だけど、アンタに見せることは出来ないよ、あの本は特定の階級以上の方々にしか入室出来ない部屋に置かれてるからね」

何で邪龍の本がそんな機密情報みたいな扱いになってんだ？

俺が怪訝《けげん》そうな顔をしていると、おばさんは何を察したのか、

「まあ不思議に思うのも無理はないよ。十年ちょっと前までは普通に公開されてたからね。だけど、いきなり邪龍の本がもう一冊追加されたと同時に、あの本はあそこの部屋に入れられたのさ」

そう言いながら、おばさんは厳重そうな扉を指差していた。

「どんな事情があるのかはわからんが、悪いが諦めてくれるかい？」

「そういうことなら仕方ないです。それでは――」

と後ろを振り向こうとしたとき、

「あれ？　アル君？　どうしてここに？」

ファルが声をかけてきた。

「お……王女様⁉　なぜこちらに……？」

おばさんが驚いていたが、もちろん俺も驚いていた。

「ファル、どうしてここに？」

「もちろん、調べ物だよ？　そういうアル君こそ、お困りの様子に見えたけど、どうしたの？」

「実は知りたい情報が書かれてる本があるんだが、あそこの特定の階級以上の人しか入れない部屋にあるってことで俺には見れないらしいんだ。だから帰ろうかと思ったんだよ」

「ふーん、そっか。あの、私の権限でこの人のこと入れてあげてくれませんか？」

「「えっ⁉」」

俺とおばさん、二人して声をあげた。

「えええええ⁉　そんなのありなのか⁉」

「一緒に部屋に入るのであれば可能ですが……」

「なら、私も一緒に入るので許可をお願いします」

「は……はい、それでは少しお待ちください」

おばさんは席を立ち、どこかに行くと、許可証と鍵を持って戻ってきた。

「これをどうぞ。それではごゆっくり……」

口調は冷静を保っているが、おばさんは俺の方を見て『あんたは何者なんだい⁉』と言いたげな目を向けていた。

「さ、アル君。行こっか」

「あ、ああ……」

ファルは扉の前に着くと、慣れた手つきで扉の鍵を解錠した。

「さぁさぁ、ここが王都の機密情報がたっくさん集められた部屋だよ」

ファルは解錠した扉を開けると、扉の横に立ち、『お先にどうぞ‼』と言いたげな顔と素振りをしているので、先に入らせてもらった。

中に入ると、係員でもあまり入れないのか、掃除が行き届いておらず、少し埃《ほこり》っぽかった。

ここに……邪龍の本があるんだな。

秘密の部屋

ファルが部屋の明かりをつけたあとに扉の鍵を閉めて本を探し始めたので、俺も邪龍の本を探し始めた。

ここに置いてある本は、ジャンル別に整理されているわけではないようで、さっきよりも探しづらかった。

これでは見つけるまでに時間がかかりそうだと思ったが、数分で見つけることが出来た。

二冊あったので、まずは左側に置いてある方から手に取って読んでみた。


『邪龍について。

ここで言う邪龍とは、邪龍ウロボロスのことである。

邪神の使いであるとも言われ、かつてこの地を蹂躙《じゅうりん》し、生物を根絶やしたと言われている恐ろしい龍だ。

その生態については知られていることは極端に少ないが、外見は漆黒の鱗《うろこ》を身に纏《まと》い、全長は15メートルにも及ぶ、巨大な龍だと言われている。

これだけ聞くと、ただの大きく育った黒龍ではないかと思う人もいるだろう。

だが、最近発見された手記によると、その姿は禍々《まがまが》しく、見た者には恐怖を与え、それは黒龍の比ではないと書かれていた。

さらにその強さは見かけ倒しではなく、次々と蹂躙《じゅうりん》の限りを繰り返し、わずか2日で王都を滅ぼしたとも書かれていた。

さらにその鱗《うろこ》はどのような攻撃にも耐え、偶然落ちていた鱗《うろこ》を拾って研究を重ねたが、壊すどころか傷ひとつ付けることが出来なかった。

それほどに邪龍とは恐ろしい存在なのだ。

その存在といったらまさに天災にも匹敵し、対抗できるのはあの聖龍くらいだと言われており――』

……まだちょっとしか読んでないけど、ほとんど目新しい情報は無さげだな……。

一応最後まで読み進めたものの、邪龍がいかに恐ろしい存在なのかをつらつらと語っているだけで、特に成果はなかった。

俺は本を元の位置に戻すと、右に置いてあったもう一冊を取り出した。

『邪龍によるものだと思われるホノル村の壊滅について。

突然納税がストップし、連絡が取れなくなったホノル村に我々が向かうと、そこに村はなかった。

村だったはずの場所は無惨にも破壊し尽くされており、面影も残っていなかった。

当然、村人達も全員息絶えているのかと思っていたが、一人だけ幼い少女が生き残っていた。

彼女はショックが大きかったのか最初は何も喋らなかったが、一度王都に連れて帰り、ようやく少し元気を取り戻した彼女によると、黒い龍がこの村を襲撃し、半日ほどで滅ぼされたとのこと。

我々は話を聞いたとき黒龍の仕業かと思った。

だが、後日調査に向かったときに、おそらく村を襲撃したであろう龍の鱗《うろこ》が発見された。

その鱗《うろこ》の強固さといったら黒龍の比ではなかった。

我々は認識を変えざるを得なかった。もっと恐ろしいものがこの村を襲ったのだと、そう思った。

そして、調査を重ねて辿り着いた結論が、村を襲ったのがあの邪龍ウロボロスではないかというものだった。

確定ではないが、邪龍についての本に書かれていたことと、少女の発言と、村の無惨さが、そしてなにより鱗《うろこ》がそれを物語っていた。

いまだに村を襲った邪龍は発見されておらず、この事が世間に知られれば混乱を招く可能性があるので、これは機密情報として扱うことを推奨する』

本っつーより報告書みたいだな。

そういえば、これはいつ書かれたものなんだろうかと思い、日にちと年を見てみると、

「今から12年くらい前……か、結構最近なんだな」

結局、わかったことと言えば邪龍が無差別に破壊の限りを尽くす暴虐《ぼうぎゃく》なやつだってことしかわからなかったな。

とはいえ不思議なところもある。

なぜ王都を滅ぼすのに2日、そして村を滅ぼすのに半日もかかっているのだろうか。

正直あのステータスなら、村なら数時間、王都なら1日もあれば余裕で滅亡させられるはずだ。

何か力を出すための条件でもあるのだろうか。

それとも何らかの目的で力を抑えているのか。

「……わからん」

とりあえず、ここで調べられることは全部調べたし、そろそろ帰るか。

「ファル、俺はそろそろ帰ろうと思うんだが…………だから何で後ろにいんの？」

「私はもう調べものは終わったから、アル君が終わるまで待ってたんだよ？」

「あ～、そりゃ悪いことしたな、ごめんな、待たせたみたいで」

「悪いと思うならぜひとも私のところに」

「それとこれとは話は別だ」

俺はファルを軽くあしらうと、扉に向けて歩きだした。

「まったく……でも私のおかげで入れたんだから少しは感謝してほしいな」

「少しどころかめっちゃ感謝してるよ。ありがとな」

「あ、そ……そう？　な、ならいいんだけど……」

お礼を言われるとは思ってなかったのかファルは少し狼狽《うろた》えていた。

そのあと、部屋を出てさっきのおばさんに鍵と許可証を返却すると、ファルは図書館の入り口に待機していた護衛と共に帰っていった。

「さて、これからどうするか……」

邪龍についてはおそらくこれ以上の情報はあまり期待出来ないだろうとは思うが、とりあえず今度はホノル村について少し調べてみるか。

ホノル村……ホノル村……。あれ？　見つからない？

まさかと思った俺は受付に向かい、

「おばさん！　ホノル村についての本ありますか⁉」

俺の言葉におばさんは哀れむような視線を向け、

「……はぁ、ホノル村についての本ならあの部屋の中だよ。もう王女様はお帰りになられたから、あんた一人だけを入れることは出来ないね」

やらかした。とはいえ、本がないとホノル村について知ることが出来ない。

村のあった場所に直接行って調査くらいはしたかったのだが、王都周辺の地図を見ても、ホノル村は載っていなかった。

地図上から村の存在自体をなかったことにして人々の記憶から消えるのを待つつもりなのか……。

くっそ、まったく情報がないとかどうすればいいんだよ……。

仕方ない、諦めるか。

「せめて場所くらい知りたかった……」

受付を通りすぎるときについ呟いてしまった俺の言葉をおばさんは聞いていたようで俺の方に視線を向けた。

「ちょっとそこで待ってな」

「はい？」

おばさんは立ち上がると、魔物についての本が並んでいるところに向かっていった。

一体なんだろうか？　数分ほど待つと、おばさんは一冊の本を持って俺に渡してきた。

「魔物の分布調査本……？　何でこれを？」

「この国はね、10年ごとに魔物の分布が変わってないか調査するんだよ。そいつは今から13年前のやつだ」

「つまり……どういうことですか？」

「察しが悪いねぇ……、魔物分布本には地域名だけでなく地図も載ってるんだよ。もちろん、ホノル村周辺の地図もね」

「……ってことは」

「それを見れば場所くらいはわかるんじゃないのかい？　あたしゃ、もうあんたに付き合うのが面倒臭いから仕事に戻るよ。頑張って自分で読んで調べな」

「ありがとうございます！」

「まったく、世話が焼ける坊主だね……」

そう言いながらおばさんは受付に戻った。

俺は本を開き、まず目次を見たが、『王都周辺や近隣の村や町の分布』や『オラルド都市周辺、及び近隣の分布』など、目次では主要な都市の周辺としか紹介されていないので、まずは王都周辺から読み始めた。

俺の故郷のシルス村周辺、隣の村のアイン村周辺など、細かく書いており、そして……。

「あった……」

ホノル村、ここからそう遠くはないみたいで、馬車で二日の距離にあるそうだ。

そのくらいなら俺のステータスなら調査をしても普通に日帰り出来るな。

俺はあらかじめ持ってきておいた紙に場所をメモして、本を元に戻した。

とりあえず今日の調査はこれくらいにして、明日はホノル村の跡地にでも行ってみるか。


翌日、俺はメモを片手にホノル村に向けて走っていた。

途中、人や魔物にすれ違ったが、気にせずに走った。

それほど時間もかからずにホノル村跡地に到着したが……。

「こりゃ酷いな……」

村人の死体はちゃんと弔《とむら》ったようだが、ほとんどの建物が半壊、及び全壊しており、その建物は放置されていて、草が生い茂っていた。

さすがに12年も放置されればこうなるわな……。

何かないかと思いながら村を歩いていたが、それにしても、ずいぶんと小規模な村だな。

俺の住んでた村の2分の1くらいか？

「……ん？」

とある損傷が少ない建物の近くに唯一草が生えていないところがあった。

何か埋まっているのだろうか。

俺は悪いとは思ったが、適当な民家から鍬を借りて、その部分を掘ってみた。

しばらく掘ると、カツン！と何かにぶつかった音がしたので、ここからは手作業で掘り起こした。

そして出てきたのは人の頭蓋骨《ずがいこつ》だった。

「うおっ⁉」

思わず俺は仰け反った。

死体はすべて弔《とむら》っておかれていたとばかり思っていたが、もしかしたら見つからずにずっと地中に埋まっていたのだろうか？

『見つけてくれてありがとな』

「え?」

考え事をしているときに、突然聞こえた声に顔を上げると、光に包まれた7歳くらいと思われる青い髪の少年が目の前に浮いていた。

これってまさか……。

「ゆ……幽霊ってやつなのか?」

『うん、そうだな。誰も掘り起こしてくれなかったから、ここからずっと出られなくて困ってたんだ。助かったよ』

「お……おう……」

『はは、兄ちゃん、俺と似てるな。髪の色さえ同じだったら生き別れの双子だって言われてもおかしくないな』

「そうか?」

まあそう言われてみれば似たなにかを感じるような気がする。

『さて、本題に入るか』

「本題?」

『真っ黒な龍のことだよ。お前は何か知ってるか?』

それって……。

「邪龍ウロボロスのことか？」

『俺は名前を知らないからわかんないけど、多分それで合ってると思う。あれ、倒せるか？』

「……わからない」

『倒せないって言われるよりマシだな。あれは、姉ちゃんのためにも倒してほしいんだ』

「……姉ちゃん？」

『うん、姉ちゃんさ、いつも笑顔で振る舞ってるけど、実はとっても弱くてさ。それを周りに隠すのが上手かったんだよ。だから、病気になるまで体調が悪かったのがまったく周囲にはわからなかったり、しっかりしてるから大丈夫だという理由で父ちゃんと母ちゃんが何日か狩りで家を空けたときも、俺を寝かせたあと一人で寂しがって泣いてたりさ。弱いくせに強がってるから、俺が守ってやらないと……って思ってた。体を鍛え始めたし、喋り方だって子供っぽいのはやめて舐められないようにしたんだ』

「なるほど、どうりで子供なのにそんな口調なわけだ……」

『これくらいしないと姉ちゃんは守れないからな。……でもあの日、邪龍だっけ？　あいつが襲ってきてから、俺は姉ちゃんのそばにはいられなくなっちゃったんだ。だって俺は死んじゃったから』

ん？　その言い方だと……。

「まるでお前の姉ちゃんがまだ生きてるみたいな感じだな」

『うん、その通り。姉ちゃん、まだ生きてるんだ』

「生きてるって……いや、確かに本には一人だけ女の子が生き残ってたとは書いてあったけど……」

『多分それだな、まだ姉ちゃんが王都にいるのかはわからないけど、もしも王都に居るんだったら……あそこは襲われるぞ、兄ちゃん』

「襲われる？　何で言い切れるんだ？」

まあ確かにグリムの森で邪龍を見たし、信憑性《しんぴょうせい》は高いが、俺は理由が知りたかった。

『〝匂い〟……アイツはそう言ってた』

「匂い？」

『アイツは一つの村や都市を滅ぼすときに一人だけわざと生き残らせるらしいんだ。そのあとやつは眠りについて、数十年～数百年したら起きる。そして自分の匂いを辿ればまた人のいるところに到着するから、また蹂躙《じゅうりん》の限りを尽くす。その繰り返しだ』

「待て待て！　お前の姉ちゃんはそれを知ってるのか!?」

『知らないよ、だって、それを聞いたのはつい最近だから。来たんだよ、あいつがここに』

「マジか!?」

『なんでも「普段は数百年は眠りについたままだが今回はわずか十年ほどで出られたな。運が良い、生き残りの子孫が住むところばかり狙っていたから、そろそろ本人の絶望に染まる顔が見てみたかったところだ……。さて、付着しているであろう私の匂いを辿るとするか」って呟いてた』

「……ずいぶんとお喋りな邪龍だな。俺が見かけたときは無言だったが……。ん？　というかそれどうやって聞いたんだ？」

その質問に少年は真下の地面を指差し、

『さすがにここに幽霊《おれ》がいるってことはわからなかったみたいだ。だから普通に聞かせてもらった』

「なるほど……」

でもそれが本当だとしたら王都はかなりヤバくないか？

一昨日グリムの森で見かけたし……あのまましばらく森をさ迷っていてもらいたい。

『というわけだから、姉ちゃんが真っ先に狙われるし、王都も危ない。だから、兄ちゃんになんとかしてもらいたいんだ』

それはわかったが……。

「そもそも、姉ちゃんって誰だよ？　名前もわからないのに守りようがないぞ？」

『ああ、悪かった。言い忘れてたよ』

そう言って少年は頭を掻き、そのあと俺の目を見て、

『ヘレン・リーン。それが、俺の姉ちゃんの名前だ』

それって受付嬢のヘレンさんのフルネームだったよな？

え？　生き残りってヘレンさんのことだったのか!?

『その様子だと、どうやら姉ちゃんのことは知ってるみたいだな。姉ちゃんと王都のこと、よろしく頼むぜ、兄ちゃん』

そう言った少年の体がだんだんと薄くなってきた。

「え!?　おい？　ちょっと待てよ！」

『あ、それとさ、姉ちゃんはさ、多分俺が死んじゃったことに責任感じちゃってるだろうから気にしてないって伝えといてくれ』

「いや！　まだ聞きたいこと……が……」

俺は思わず少年の方に手を伸ばしたが、俺が最後まで言う前に、少年は消えてしまった。

まったく……突然消えられちゃ困るんだが……。

とはいえ、任されてしまったし、覚悟を決めるか。

さて、とりあえずヘレンさんにこの事を伝えておいた方が良いよな。

一応もう一度ホノル村を歩き回り、何も情報が無いことを確認した俺は、王都へと走り出した。

場所は変わってここ王都の門。

門番の二人はいつも通り入国検査をしていたが……。

「おい？　なんだあれは？」

門番の一人が目の前の空を指差していて、そこには黒い物体が見えた。

それはどんどんと大きくなっている。

近付いてきている証拠だ。

「あれは…………黒龍か？」

「多分な……いや、違う。あれは黒龍なんかじゃ――」

その言葉は、飛来してきた者が門の上を通りすぎるとともにもたらされた暴風により止められた。

「ツイニ貴様ノ住ム都市ニ辿リ着イタゾ……。私ハ貴様ヲ最初ニ殺スコトニ決メテイルンダ。サァ、ドコニイルンダ？」

王都に正体不明の黒き龍が入り込んだことにより、王都はパニック状態となった。

受付嬢の過去

冒険家ギルドの受付嬢、ヘレン・リーンは昨日に引き続き、今日も休みを貰っていた。

名目上は体調が優れないからと伝えてあるが、本当は体調については問題は無い。

だが精神状態が仕事に支障をきたしてしまうくらいに荒れていた。

これでは営業スマイルなど出来るわけがない。

接客業を営む者として、それは致命的なことだった。

（一昨日聞かれたとき、正直に答えておけばよかったかな……？）

そう思いながら、彼女は昔の事を思い出していた。

ヘレン・リーンはホノル村に生まれた村娘だった。

小さい頃は泣き虫で、親にめいっぱい甘えて暮らしてきたが、彼女が三歳の頃、再び母が妊娠したことを知った。

まだお腹の中の子が男の子なのか女の子なのかはわからないが、自分がお姉ちゃんになると自覚したとき、自分がしっかりしてお手本にならなければならないと決心した。

それからと言うもの、親の手伝いを進んでやるようになった。

下の子が生まれたとき、胸を張って『お姉ちゃん』だと言えるようになるために。

そして、いよいよ出産の日が来た。

苦労の末に生まれたのは、元気な男の子だった。その顔を見た瞬間に、

『私がこの子を守るんだ』

そう思った。それからというもの、彼女はより一層家族の手伝いをするようになり、ついには村の人の手伝いもするようになった。

ライクと名付けられた弟が生まれて数年経つ頃には、彼女は小さいながら善悪の区別をつけ、悪いことをした人はたとえ年上であろうと注意した。

その姿には過去の泣き虫で甘えん坊だった彼女の面影はなかった。

自分だってやりたいことはあった。

だけど自分はお姉ちゃんだから。

それに親や村の人……そして何よりライクから『ありがとう』と言われたときは本当に嬉しかった。

そのときは自然に顔が笑っていた。

そんな暮らしを続けて数年経ったある日、親は畑仕事に、ライクは村の男の子達と遊んでくると言って外出していった。

ライクは数年前の可愛さはどこへやら、今では子供らしからぬ口調になっていて、前までは声をかけると『お姉ちゃん、どうしたの？』だったのに、今では『姉ちゃん？　どうしたん

だ？』と言うようになっていた。

さらには『俺は超一流の騎士になるんだ！』とか言ってチャンバラごっこなどもやっているようで、危ないからやめなさいと言ってもまるで聞く耳を持たない。

「はぁ～っ、どうしたらいいのかな………。よしっ！　とりあえず今日ライ君帰ってきたらもう一度言ってみよう！　ライ君を危険な目にあわせないためにも頑張らなきゃ！　私が守ってあげないと！」

彼女がそんな決意をした次の瞬間、その問題の弟が凄い勢いで扉を開けて帰ってきた。

「姉ちゃん！」

「ライ君、ちょっと話があるんだけ――」

「そんなこと言ってる場合じゃないんだよ！　逃げるぞ！　姉ちゃん！」

「え？　えっ⁉」

ライクは事情を飲み込めていない彼女の腕を掴み、外へと連れ出した。

「一体何……が……」

玄関を出た瞬間に彼女が見た光景は、村の入り口に一番近い家に向かって黒い龍がブレスを吐いているところだった。

「何……あれ……？」

「わかんねぇよ！　とにかく逃げるぞ！」

村の入り口に向かえば確実に見つかるので、二人は村の端に近い建物の横に隠れた。

ライクは村の柵を越えて村から出ることも考えたが、柵はそれなりに高く、自分なら越えることは出来るが、姉であるヘレンには越えられないだろうと判断して、口には出さなかった。

「……ちくしょう、どうすれば……」

じわじわと龍が村を壊滅させつつある状況で、考える時間はあまりないと思われたが、龍は実にゆっくりと破壊を繰り返している。

「あいつ……まるで破壊することを楽しんでるみたいだ……」

時間はかかるだろうが、龍は必ずここへ到着する。

その前に何か対抗策を練ることが出来なければ、その先には死しか待っていない。

だが、お互いにずっと考え続けたものの、良い手は思い浮かばなかった。

だからヘレンは自らを犠牲にすることに決めた。

「ライ君、逃げて」

「は?」

「そこの柵、ライ君なら越えられるでしょ?」

「おい!? 何言ってんだよ姉ちゃん！　それに前に俺が柵を越えたときは二度とやるなってこっぴどく説教したじゃねぇか！」

「でも、私はライ君だけでも――」

「そんなことしたら俺が何のために口調まで変えて鍛えてきたのかわかんなくなるよ！　俺だって姉ちゃんの力に――あぶねぇ！」

ドンとヘレンは両手でライクに押された。

鍛えていたらしいライクの力は意外に強く、ヘレンは建物の裏まで転がってしまった。

「ライく……」

ヘレンが顔を上げたとき、そこにライクの姿はなく、そのかわりに龍の腕が視界に入った。

腕の先は地面にめり込んでおり、まるで何かを押し潰しているかのような――。

「あ……あ……ああ……」

「貴様ガ最後ノ一人ノヨウダナ。危ウク殺シテシマウトコロダッタ。コノ少年ニハ感謝セネバナ」

そう言って龍は腕をどけると、ライクの死体があった場所を埋めた。

「コレデ安ラカナ眠リニツケルダロウ。マァ、コノ状態ナラ幽霊ニモナレズニ成仏モ出来ハシナイガ。……サテ」

龍はヘレンの方を向いた。

すでに絶望に染まっていたヘレンに恐怖なんてものはなかった。

「感謝シロ、貴様ヲ今殺スツモリハナイ。ダガイツカ、貴様、モシクハ貴様ノ子孫ノ前ニ再ビ我ハ現レルダロウ。ソノトキマデ恐怖シテ生キルガヨイ」

そう言い残して、龍は飛び去って行った。

だが、彼女の耳には龍の言葉など聞こえていなかった。

守るべき存在に守られ、一人だけ生き残ってしまった彼女が抱えた絶望は、想像以上に深いもので、この日から彼女は笑うことが出来なくなった。

それから数日後、彼女は調査に来た騎士に保護されたが、話すことすらままならなかった。

だが、ただでさえ無様にも一人だけ生き残ったというのに、またここで迷惑をかけるのかと思ったとき、彼女は立ち直ることに決めた。

とはいえ、そう簡単なことではなかったし、無理に笑おうとしても作り笑いが上手くなるだけであった。

だが、その作り笑いがどうやら功をそうしたらしく、元気になったと判断されて、事情聴取を受けた。

事情聴取が終わった後は、紆余《うよ》曲折《きょくせつ》あったが成長し、なんとか受付嬢という仕事に就くことが出来た。

だが、仕事に使っているのも営業スマイル……所詮は作り笑いで、偽りの笑みであることは変わりなかった。

「……私、本当に笑える日なんて来るのかな……？」

ベッドの上で体育座りをして顔を埋《うず》めながら、そう呟く彼女の言葉に答える者がいた。

「安心スルガ良イ、ソノ悩ミモ今日デ終ワル」

「…………え？」

次の瞬間、家の屋根が吹き飛ばされた。

「ナゼナラ、私ガ殺シテヤルカラナァ‼」

忘れられるはずもない。

彼女の絶望の元凶がそこにはいた。

俺はヘレンさんに、彼女の弟から聞いたことを伝えるために王都に向けて走っていた。

それほど時間もかからずに王都に着いたが、いろいろと物が散乱しているし、並んでいたと思われる人達もどんどんと逃げるようにここから離れていく。

そればかりか、王都の中からも、こちらへ人波が流れ込んでくる。

嫌な予感がする。何があったのかを聞くために門番を探すと、普段は二人一組であるはずの門番が、一人だけで立っているのが見えた。

「門番さん、一体何があったんですか？」

俺は少し早口で捲《まく》し立ててしまったが、門番は聞き取れたようで、ちゃんと答えてくれた。

「見た目は黒龍に似ているが、正体不明の龍がここの門の上から王都内に入り込んだ。今、もう片方の門番がそれを連絡しに行っている。それで、その龍は東門の方へと向かっているようだから、龍を目撃した民は東門と正反対の位置にあるここ西門から逃げ始めているというわけだ」

「もう来やがったのかよ……！」

だとしたら王都はもちろんヘレンさんも危ない。

「君も一度避難した方が……おい！　君!?」

俺は人の流れを無視して、無理矢理王都の中に入った。

王都に入ると、まだ被害らしい被害は見当たらず、建物やオブジェは、まったく壊れていなかった。

何でだ……？　ほとんどすべての建築物を破壊するかと思っていたんだが、建築物はおろか人にも手を出していないように思える。

目立った被害が出ていないなら、それに越したことはない。

とりあえず冒険家ギルドに向かってヘレンさんに伝えないと――。

「あ！　ちょっと！」

呼び止められたので、声のした方を向くと、

「ウォンさん……？」

「ちょうど良かった！　あんた、ヘレンのこと知らないかい!?」

焦っているようで、切羽詰まった様子で俺に質問を投げ掛けてくる。

「ヘレンさんなら今ちょうど冒険家ギルドに探しに行こうとしてたんですが……」

「あの子、今日は休んでるみたいなんだよ！　話を聞くと昨日も休んだって聞くし……。まさか何も知らずに家にいるなんてことがあったら……」

「……参考までに聞きますが、ヘレンさんの家はどの方向にありますか？」

「あっちだよ」

そう言ってウォンさんが指差した方向は――。

「…………………ッ‼　マジかよ‼」

俺はすぐさま走り出した。ウォンさんが指差した方向である――東門の方へ。


邪龍は舌舐めずりをしつつ、その二つの目でヘレンのことをじぃっと見つめていた。

「フフ……コノ日ヲドレダケ楽シミニシテキタコトカ……。貴様ノソノ絶望ニ染マッタ顔ヲ見ルタメニ、ココマデ来タト言ッテモ過言デハナイ」

「なん……で……？」

ヘレンは目の前の光景が信じられなかった。

「貴様ハ、アノトキハ放心デモシテイタノカ聞イテイナカッタヨウダガ、私ハ確カニ言ッタハズダゾ？〝イツカ、貴様、モシクハ貴様ノ子孫ノ前ニ我ハ現レルダロウ〟……ト、今ガソノトキダ」

邪龍は腕を振り上げた。

「安心スルガヨイ。貴様ヲ殺シタ後ハ、他ノヤツラモ殺シテヤル。皆デ仲良ク殺サレルンダカラ寂シクナイダロウ？」

その言葉に、ヘレンの目尻に涙が浮かんだ。

(また……私のせいで……誰かが……)

12年前に弟のかわりに生き残ったというのに、今度は皆を巻き込んで死ぬことになってしまった。

また誰かを死なせるのか。自分のせいで巻き込むのか。

「――絶望シテ、死ヌガヨイ」

腕が振り落とされるのを、彼女は見ていることしか出来なかった。

(私なんて――あのとき死ねば良かったんだ)

生きていたことを後悔してしまった彼女に、邪龍の容赦《ようしゃ》ない一撃が歯を剥いたが――。

突如、凄まじい勢いで地を蹴る音が響いた。

「おおおおおおおお‼」

雄叫びを上げ、邪龍の横っ面をぶん殴った者により、その一撃が彼女に届くことはなかった。

「グゴァ⁉」

自分の体が人間からの攻撃を通すとは思っていなかった邪龍は、堪らず殴られた勢いにより、様々な建物を下敷きにしながら倒れていく。

「あ……、……え？」

ヘレンには何が起こったのかわからなかった。

ただ、唯一わかったのは……。

「間一髪、助けに来ましたよ。ヘレンさん」

弟に似た彼に助けられたということだ。


「ホウ……コノ私ニ攻撃ヲ通ストハ、ナカナカヤルヨウダナ」

瓦礫《がれき》をものともせずに立ち上がる邪龍に俺は思わず舌打ちをした。

「さすがにあれじゃ、倒されてくれないか……」

「アノ程度ノ拳デ我ヲ一撃デ倒セルト思ッテイタノナラ、ズイブントオメデタイ考エヲシテイタヨウダナ？」

「別に期待はしちゃいない、でも、攻撃が通ったってだけでも儲《もう》けもんだ」

「ナラ、続キデモ始メヨウカ」

邪龍はその巨体には似合わない俊敏さで、俺との距離を詰めてくる。

今俺のいる場所で戦闘すれば、ヘレンさんを巻き込む可能性が高いので、俺も自分から距離を詰めた。

腕による殴打、尻尾《しっぽ》による凪《な》ぎ払い、そして着弾した瞬間に爆発する球型のブレス。

すべての攻撃をとにかく避け続けた。俺が攻撃が当たってしまえば即死もありえる。

なので、向こうが攻撃を返せない絶妙なタイミングで攻撃するしかない。

「エエイ！　チョコマカト小賢シイヤツメ‼」

気が立ったのか、邪龍は一段と強い力で殴ろうとしてきたが、俺は近くの建物の屋根に飛び移り、それを回避する。

そして、強い力を入れてしまったせいか、一瞬、邪龍の動きが止まった。

ちょうど屋根の上にいるので、顔面への距離も近い。

やるなら、今だ。

俺は即座に判断すると、拳を握りしめ、邪龍に向けて地を蹴った。

が。

――邪龍がこちらを見て笑った気がした。

「ッ⁉」

一瞬、時が止まった気がした。

気付いたときには目の前に邪龍の腕があり、その一撃で、俺は吹き飛ばされた。

建物の壁を突き破り、その建物内部の壁にぶつかって勢いは止まったが、俺がぶつかった衝撃で、壁が崩れ、俺は瓦礫《がれき》に埋もれるような形になった。

「――あぐっ……ああ……！」

遅れて痛みが襲ってくるが、上手く声が出ない。

身体中が悲鳴を上げているのがわかる。

「アル君‼」

泣きそうな顔をしたヘレンさんがこちらにやってきて、瓦礫《がれき》を退けようとしていた。

どうやら俺が飛ばされたのはヘレンさんの家だったようだ。

「ごめん……私のせいで……ごめん……。やっぱり私は死んでいた方が――」

「それ……は、違……い、ます、よ。ヘレ……ンさ、ん」

涙を流し、謝罪しながら瓦礫《がれき》を退ける彼女に俺が途切れ途切れに声をかけると、彼女は泣いていた。

「違くなんかない！　私のせいだよ！　全部！　ライ君が死んだのも！　今アル君がそんな状態になってるのも！　王都が危険な状態になってるのも！」

「今日、弟……さんに……会っ、て、きまし……た」

「え……？」

彼女の目が見開いた。

「会った……の、は偶然……でした……。詳し……い、説、明、は……省き、ます、が、幽霊となった……ヘレンさん……の弟、は『気にしないで』……と、言、って……ま、した」

「そんなこと言われても……私は……！」

「話ハモウ終ワリニシテモラエルカ？」

顔を上げると、邪龍が俺達二人を見下ろしているのが見えた。

「マサカ我ノ一撃ヲ受ケテモナオ生キテイルトハ思ワナカッタ。ちょうど良イ、二人仲良ク殺シテヤロウ」

そう言って邪龍は口を広げた。

その口には膨大《ぼうだい》なエネルギーが集まっている。

俺は瓦礫《がれき》の中に埋まった手の近くに偶然あったものを掴んだあと、〝ヒール〟というこの前習得した回復魔法で自分の傷を回復させた。

まだ全快ではないが、今はこれで十分だ。俺は瓦礫《がれき》を押しのけて、立ち上がった。

「ヘレンさん……多分気にしすぎだと思うんですよ」

「え？」

ヘレンさんがこちらを向く。

「そもそも村に邪龍が襲撃してきたのは運が悪かったとしか言いようがありませんし、それに弟さんだって、ヘレンさんの命を助けて感謝されることはあれ、謝られる筋合いはないです」

そのアルの言葉は、ライクがもしこの場にいたらそう言うんだろうな、と思うような言葉だった。

「貴方は一人で背負いすぎです」

『姉ちゃんは一人で背負いすぎなんだよ』

なぜかアルの姿にライクの姿がぶれて見えた。

「それに、生き残ったんだったら皆の分まで幸せに生きるのが一番の報いになります」

『それにさ、生き残ったなら皆の分まで幸せになるってのが姉ちゃんの義務だぜ』

アルの言葉にライクの言葉が重なった。

「だけど、まだ辛い思いをしていて」

『一人じゃどうしようもないっつーんなら』

「僕が力になります」

『俺が力になってやる』

ヘレンは何も言えなかった。

理由もわからない涙がただただ溢れた。

「さて……」

アルは前を向き、邪龍を見据えた。

ブレスの充填《じゆうてん》はそろそろ完了するようで、今にも放ちそうな雰囲気だった。そして、

「ガアアアアアアアアアアアア‼」

二人を見据えた邪龍は、叫びと共に巨大なブレスを放った。

その刹那《せつな》、アルは、瓦礫《がれき》の中で掴んでいた〝細長い〟物干し竿を構え、

「逆転劇の始まりだ……〝分裂銛《もり》突き〟‼」

それを投擲《とうてき》した。

物干し竿は三本に分かれ、２本は両目。

そして残る1本はブレスに直撃した。

着弾すると爆発するということは、物に当たった瞬間爆発するということ。

つまり、ブレスは邪龍の目の前で爆発した。

「グキュアァァァァァァァァァァ！！！」

両目に刺さった物干し竿と、ブレスによる爆発が邪龍を襲った。

アルはとっさに魔法障壁《バリア》を展開して自身とヘレンへ向かってくる爆風と衝撃波を防ぐと、煙が晴れないうちに魔法障壁《バリア》を解き、

「高速移動‼」

スキルを使って邪龍のもとへと飛んだ。

アルは、邪龍の胸元の辺りに向かって飛んでいた。

邪龍の自身の魔防の数倍もある魔力で構成され、放たれたブレスは、目の前で爆発したことにより、邪龍の胸元周辺の鱗《うろこ》は剥がれ、無防備な体表が現れていた。

失明したらしい邪龍は、暴れているが、アルはお構いなしにその無防備な胸元へと、

「おらぁぁぁぁぁぁぁぁぁぁぁぁ‼」

本気の一撃をぶちこんだ。

「グギギャアァァァァァァァァァァァァァァァァァァ‼」

その一撃は、王都中に邪龍の悲鳴が響き渡る結果となり、邪龍は地に伏した。

アルは地面に着地し、倒れた邪龍を見た。

邪龍の心臓は貫かれ、鱗《うろこ》からはパキパキと割れるような音が聞こえていた。

「なんとか倒せたみたいだな……」

「アルくん！」

ヘレンの声にアルは振り向いた。

「ああ、ヘレンさ――」

一瞬、アルは自分の身に何が起こったのかわからなかった。

走り寄ってきたヘレンは――醜悪な笑みでアルをナイフで突き刺していた。

「――え？」

俺が視線を下に向けると、ヘレンさんが手に持っているナイフで俺を刺していて――彼女はナイフを抜いた。

「あぐぁっ‼」

熱にも似た痛みが走り、服に血が滲む。

患部を押さえようとしたが、それを目の前の彼女が待つわけもなく、追撃を加えようとナイフを振るった。

「ちぃっ！」

あまりの痛みに汗ばむ身体を無理矢理後ろに仰け反らし、ナイフは俺の髪の毛を少しかすり、何本かの髪の先が宙を舞った。

俺は後ろに下がり距離を取ると、ヒールで患部を治療した。

「あら残念、今ので決めるつもりだったんだけど……」

「ヘレンさん……何で……？」

その問いかけに彼女は答えない。

そのかわりにニッコリと笑ったあと目を見開いて――。

「――すぐに殺してあげる」

そう言いながら血の滴《したた》るナイフを舌で舐めた。

彼女の目に、今までの面影はなかった。

何でだよ？

何でそんなことするんだよ？

まさか今までの言動が全部演技だった……ってのか？

「どうして……？」

俺はそう言わざるを得なかった。

どうしても彼女がこんなことをする理由を知りたかった。

でないと、今の自分の行いはおろか、彼女を助けた弟の思いすら無駄になるような気がしたから。

だが、何度問いても彼女は相も変わらず答える様子はない。

呆然とする俺に向かって、ナイフに禍々《まがまが》しい気を纏《まと》わせてゆっくりと歩いてくる。

そして、それを俺に振り降ろし――。

「馬鹿者が」

俺の目の前で、ナイフがガキィッ!!　と何かに弾かれたような音がした。

「ちぃ……、目覚めましたか……」

ヘレンさんが俺の後ろを見て、舌打ち混じりに発した言葉に、俺も後ろを振り向くと……。

「少年、取り乱すのが早すぎやしないか?」

倒れていた邪龍は消えていて、かわりに白銀の龍が真後ろにいた。

「……え?」

「あれは邪龍が依り代を変えただけにすぎん。つまり、あの娘の体は今現在邪龍の支配下にある」

なるほど、だから急にヘレンさんが豹変《ひょうへん》した――って。

「……アンタは何者なんだ?」

「我は聖龍ミラージュ。邪龍《こやっ》に体を乗っ取られていたのだ」

そう言って聖龍は憎ましげにヘレンを睨んだ。

「娘の目を見てみるが良い。左右の色が違うことがわかるはずだ」

そう言われてヘレンさんの目を見てみると、右目は髪の毛と同じ綺麗な青色だったが、左目は血で染まったかのような赤色だった。

「わかったか? あれこそが憑依《ひょうい》した印だ」

そう聖龍が言うと、ヘレンさんはつまらなそうに目を細め、

「なんだ……もうバレたか。もう少し遊ばせておいてもらいたかったのだが……バラすのが早

すぎるぞ？　ミラージュ」

「ほざけ。貴様のような外道の思い通りになどさせるわけがないだろう」

邪龍と聖龍。

お互いに睨み合って、まさに一触即発の状態になっていた。

「しかし聖龍。なぜ貴様が生きている？　我は死の間際に依り代を移したはずだ。貴様が立っていられるはずはない」

確かに、俺はあのとき心臓を破壊したはずだ。

普通は死ぬと思うんだが……。

「言っている意味がわからんな。心臓など破壊されてもすぐに修復すれば良い話ではないか」

コイツは何を言ってるんだろうか。

「待て、俺にはアンタの言っている意味がわからない」

「？　破壊されたからすぐに直しただけ。簡単なことではないか。何を疑問に思うことがある？」

「むしろ疑問しかないんだが⁉」

そう言うと、聖龍は少し呆れたかのように息を吐き、

「……まあ仕方の無いことだろう。我には貴様らには無い、超速再生能力があるからな」

「なるほど……いや待て、それだと何で俺はコイツを倒せたんだ？　その超速再生能力なんて

あったら……」

「コイツは憑依《ひょうい》したばかりの頃は依り代の力を引き継ぐが、いずれは姿形、能力、すべて自身の物へ塗り替えてしまう。ゆえに、我の超速再生能力は消えていたというわけだ。

とはいえ、我は体を乗っ取られても意識上では抵抗をし続け、どうにかこやつの破壊行動の邪魔をすることくらいは成功していたがな。そして、ようやくこやつが出ていってくれたおかげで元の力が取り戻せたというわけだ」

「ふん、貴様のせいでひとつの町を滅ぼすのにも時間はかかるわ、滅ぼしてもそのあと眠って力を蓄えなければ貴様に体を取られそうになるわ、まったく邪魔な存在だったものだ……だが」

ヘレンさんを乗っ取った邪龍は、左腕を前に出し、

「ふんっ！」

拳を握って力を込めたと思ったら、彼女の腕はサイズこそ変わらなかったものの、姿形は邪龍そのものに変化した。

「こやつは意識こそ残っているものの、抵抗力は弱い……我の力が馴染むのも時間の問題だ」

つまり、早めにヘレンさんの中に居る邪龍をどうにかしないとヤバいってことか……。

「さて、人間。貴様はこの娘のことが大事なんだろう？」

そう言って、邪龍は龍と化した腕を構え、

「貴様にこの身が攻撃出来るか？」

一気に距離を詰めて龍と化した腕と振るう邪龍、俺はその顔を見て――腹に思い切り蹴りを入れた。

「ぐおっ！？！」

驚愕《きょうがく》に満ちた顔で邪龍は吹き飛んだ。

地面に倒れた邪龍は、顔をこちらに向けた。

「なぜだ……なぜ貴様はこの娘を――」

簡単だ、と俺は前置きしたあと、

「目が、そう言ってたんだ」

「目……だと？」

そう言った邪龍の赤い目は醜《みにく》く歪んでいたが、もう片方の青い目は優しい目をしていた。

「『これでいい』……そう言いたいんですね。ヘレンさん……」

彼女は必死に抵抗しようとしていた。

彼女は自分の手で人を傷つけることを恐れていた。

だから、彼女は自分自身を殺してもらってすべてを終わらせることを望んでいるはずだ。

だが、俺は彼女を犠牲にしたくはなかった。

「聖龍さん、どうにかする方法はあるか？」

「我の全力の浄化の力を使えば、どうにか出来るだろう……ただ、そのためにはやつを一度無力化しなければならん。抵抗されてしまえば、この術を破られる可能性がある。念のため我とお前には憑依《ひょうい》防止の膜を貼っておくが、我は浄化の力の充填《じゅうてん》が必要だ。貴様とあやつの戦闘には一切手が出せん」

「ああ、それで十分だ」

俺は彼女を絶対に死なせるつもりはない。

かといって、邪龍の体《モノ》にさせるつもりもない。

中の邪龍だけを討つ。

絶対にヘレンさんを守る。

「行くぞ邪龍、かかってこい！」

「舐めるなよ……人間風情がぁぁぁぁぁぁぁ‼」

両手両足を龍の物へと変化させ飛びかかってくるが、人間の体にはまだ慣れていないのか、動きがぎこちないのがわかる。

ゆえに、攻撃を避けてカウンターを決めるのは簡単だった。

当然、彼女の体を攻撃をすることに抵抗がなかったわけではない。

今までに女性に暴力を加えたことはもちろんなく、こんなことは正直したくはなかった。

だが、今遠慮してしまえば、彼女は一生戻っては来ない。

辛いが、やらなければならない。

「ふん!!」

邪龍の繰り出した拳を避け、カウンターを決めようとした。

「これで……！」

が、その拳の先にあったのは、彼女の顔だった。

（あ………）

一瞬、ほんの一瞬だけ、俺は躊躇《ちゅうちょ》してしまった。

顔は女性の命とも言うし、おいそれと傷つけられるようなものではなかった。

遠慮しないと決意したばかりなのに、俺は硬直しそれを察知しないほど甘い邪龍ではなかった。

邪龍の腕は俺に迫り、

「ごっふ……!?」

邪龍の左手が俺の体を貫いた。

傷口からは血が流れ、喉からも鉄臭いものが登ってきた。

「かはっ……！」

吐血した俺を見た邪龍の喜んだような赤い目とは反対に、青い目は驚愕《きょうがく》と罪悪感に満ちた雰囲気を醸《かも》し出していた。

「さて……ではトドメと行こうか」

邪龍は右手を開いた。

「このまま頭を掴み、握り潰してやろう」

だんだんと近付いてくる右腕。

体に力が入らない。

後ろの聖龍は充填《じゅうてん》中で手出しは不可能。

(万事休す……か)

そして、手が俺の顔を触れるかといったところでピタリと、腕の動きが止まった。

そして、俺は気がついた。

彼女の青い目が、強い光を持っていることに。

「……貴様、人間の分際でこの私に抵抗するかぁぁぁぁぁぁぁぁぁぁ‼」

邪龍が声を荒らげ、顔の左側の一部が龍と化した。

それほどまでに力を入れているのだろうが、腕が動く様子はない。

ヘレンさんがこんなにも頑張っているというのに、俺は……！

「ならば！」

邪龍は俺を貫いていた左手を引き抜いた。

それと同時に血が溢れだし、激痛が走る。

「こちらの腕で殺すまでよ！」

俺はその腕の軌道を見据え、避けた。

そして俺はそのまま懐に入り込むと驚愕《きようがく》に満ちた赤い目と、慈愛に満ちた青い目が見えた。

「一発……すみません‼」

その顔を……正確には龍化して鱗《うろこ》が付いている部分に俺は一撃をぶちこんだ。

パキンと殴った部分の鱗《うろこ》が割れる音が聞こえ、邪龍はそのまま地面を転がると、ピクリとも動かなくなった。

「はぁっ……はぁっ……」

ようやく、これでケリがついたようだ。

「……あれ？　そういえば……」

思えばほぼ全力で殴っちゃったしヘレンさんは怪我とか大丈夫だろうか？

「安心しろ、その娘は脳震盪《のうしんとう》で気絶しただけだ。鱗《うろこ》の耐久力が無ければ顔が吹き飛んでいたかもしれんがな」

聖龍はいつの間にか俺の真後ろまで近付いてきていた。

「聖龍さん……充填《じゆうてん》終わったのか？」

「ああ、今から娘を浄化してやる、が……」

「が？」

「我と邪龍は同等の存在、故に存在を完全に消すにはそれ相応の力が必要になる」

「……つまり？」

「事が終わればわかる、お前はもう休んでいろ」

そう言って聖龍はこちらに手を向けた。

傷が癒えていく柔らかい感覚とともに意識が遠退いていく。

目を閉じる直前、聖龍がどこか優しげな表情をしているのが見えた。

依り代は贖罪を決意す

「ん……？」

目が覚めると、俺はベッドで寝かされていることに気がついた。

「ここは……」

「あら、起きたの？」

「え？」

顔を横に向けると、私服のヘレンさんが椅子に座っているのが見えた。

「ここは……？」

「診療所。幸い大した怪我はしてなかったけど気絶してたから一応運ばれてきたってとこね」

「そうですか」

俺は体を起こすと、上半身をヘレンさんの方に向けた。

「あの後、どうなったかわかりますか？」

「それなんだけど……」

ここからはヘレンさんが聞いた話だ。

なんでも、神々しい光が発されたとともに、邪龍の恐ろしい気配が消えたため、国の諜報《ちょうほう》班が確かめに来たらしい。

そこにいたのは、気絶していた俺とヘレンさん、あと、倒れていた聖龍だったらしい。

課報班《ちようほう》は聖龍がさきほどの光で邪龍を倒したと判断したらしく、無事に事が収まったとの報告をした。

そして、そのあとすぐに俺達は診療所に運ばれ、今に至るとのこと。

「倒れてた聖龍はどうなったんですか?」

「そのまま目を覚まさなかったって……」

クソッ……それ相応の力って命のことかよ……。

「アル君、大丈夫。君は悪くない」

ヘレンさんは、表情から俺の思っていることを悟ったのか、慰めてくれた。

「私ね、アル君が意識を失ったあと、聖龍さんと話したの。とはいえ、一方的に話しかけられただけだけど」

「?　それってどういう……」

「私、体の自由は効かなかったけど、意識はあったでしょ?　なんでかわからないけど、私の体を乗っ取ってた龍が気絶したあとも、私の意識だけはそのまま起きてたの。そのとき――」

『――娘。意識はまだあるのだろう?　残念だが、我はまだすべての力を取り戻したわけではない。ゆえに、完全には邪龍の力を消すことは出来ん。だが、私は代償に命をかけて消せる分は全て消そうではないか。これで日常生活を支障なく送れることだろう。何、命を使うことに関しては気にするな。操られていたとはいえ、この体はお前ら人間を殺《あや》めすぎた。これは贖罪《しょくざい》……罪滅ぼしのようなものだ。これだけで贖罪になるとは思えんが、今はこれで許してくれ』

「そう言ったあと、あの龍は浄化をしてくれて、その瞬間に私は意識を失ったの」

「……そうなんですか」

贖罪……か。

「はぁ……、本当はアル君も頑張ったのに、良いとこ全部あの龍さんに持っていかれちゃったね」

そう笑顔で言ったヘレンさんは指先で口元を押さえながら、俺を見て『ふふっ』と笑った。

「？　何がおかしいんですか？」

「いや、だってアル君は名誉とか恩賞とか、全然興味ないでしょ？」

「よくわかりましたね、だって俺は――」

俺が言葉の先を言うよりも先に、

「――超一流の農民になる…………でしょ？」

ヘレンさんが答えた。

「まあ暫定《ざんてい》、ですけどね……」

「うん、それでも立派な夢だと思うけど？」

あっけらかんと言うヘレンさんを見て、俺は初対面のときのことを思い出し、

「いや、最初に言ったときに笑いを堪えてましたよね？」

「あー……あれは……その……笑ってたんじゃなくて……」

「え？」

いや、でもあのとき目尻が涙が出そうなくらい赤く――。あれ？　まさか……。

「……えと、もしかして……泣きそうになってた……なんて……」

俺がそう言うと、ヘレンさんは顔を少し赤くして俯いた。

え？　マジで？

「あ、あんまりにもライく――私の弟に似てたから……その……思い出しちゃって……」

「本人にも似てるって言われましたけど……そんなに似てます？」

「似てる」

きっぱりと言うヘレンさんだったが、突然顔が赤くなったかと思うと、頬を人指し指で掻き、
目をそむけながら、

「でも……その……あのときは……弟とは少し違う男らしさがあったというか……えっと……、
格好良かった……というか……」

「え？」

ボソボソと言うので、よく聞こえなかった。

「～～～～っ！　なんでもないっ！」

そう言ってヘレンさんは腕を組んでそっぽを向いてしまった。

「ええ……」

なんだこの理不尽。

俺何かした？　少し怒っているようだが、俺には確認したいことがあった。

「ヘレンさん、その、ヘレンさんの体の方は大丈夫なんですか？」

思えば、邪龍の憑依《ひょうい》については不明な点があった。

それは、憑依《ひょうい》というスキルがステータスに表示されなかったということだ。

そのため、聖龍が治療してくれたとはいえ、俺は不安だった。

「え？　私？」

今自分の体の事を聞かれるとは思わなかったのか、怒っていたのはどこへやら、目を見開いて、自分を指さした。

「ええ、ヘレンさんの……って！」

ヘレンさんの見開かれた目を見ると、左目が赤いままだった。

「ちょ！　ヘレンさん!?　大丈夫なんですか!?　目が……！」

「ああ、これなら心配しないで」

そう言って微笑むと、

「はぁっ！」

ヘレンさんが力を入れた瞬間、左腕が龍化した。

「……………………………………………………」

「どう？」

「『どう？』じゃないですよ‼　え？　それヤバくないですか⁉　やっぱり侵食され——」

「大丈夫、ほら」

ヘレンさんはすぐに腕を元に戻した。

「……」

ヘレンさんは唖然とする俺を見て、ドヤ顔のような表情を向けると、

「これ、両手両足出来てオンオフ可能なの」

「そういう問題じゃねぇぇぇぇぇぇぇぇぇぇぇぇ‼」

思わず乱暴な言葉遣いで叫んでしまった。

「……正直、最初にこれがわかったときは抵抗があったの。でも、２日間考えてみてわかった。この力は、今まで人を殺すために使われてきた。だったら、この力はそれを償わなきゃならないって。だから私はこの力で、人を助けようと思ったの。今まで殺してしまった分だけ……は

無理かもしれないけど、少しでも多くの人をこの力で救いたいって思ったの」

力を手にした者はその力に溺れることがあると聞く。

それが権力だとしても自身の能力だとしてもそれは同じだ。

だが、彼女はそんなことはない。

むしろその力を正しい方面に使おうとしている。

その力は自分のトラウマそのものだというのに。

「……立派ですね。俺、そういうの尊敬します」

そう言った俺に、ヘレンさんはニッコリと微笑むと、

「ありがとう、アル君」

そう言ったヘレンさんを見て俺は――初めて彼女の本物の笑顔を見た気がした。

「ところでヘレンさん？　２日間悩んだって言ってましたがそれはどういう……」

「言い忘れてたけど、アル君は４日間、目を覚まさなかったの。その間に王女様がお忍びでお見舞いにいらっしゃったんだけど……お知り合いなの？」

おうふ、マジか。

だが、知られたら面倒なことになりそうだと思った俺ははぐらかすことに決めた。

「あはは、なんのことやら。きっとそれは見間違――」

「アル君！　目を覚ましたんだね！」

そう言いながら病室に入るなりこちらに向かってくるファルを見て、少しは休ませて欲しいと、俺は心底思った。

思い立ったが吉日

今日、依頼を終えて家に帰ると、隣の都市に住む親から手紙が届いていた。
どうやら俺が王都に移り住み始めたことをどこからか知ったらしい。
誰だ情報流した奴、出てこい。まあいい、とりあえず手紙を読むか。

『アルへ
おう、アル。元気にしてるか？　俺と母さんは元気だぞ！　ところでお前、王都に引っ越したんだってな。俺が村を出る前に誘ったときは、農民になるって聞かなくて動かなかったのに、どんな心境の変化だ？　まさか女でも出来たんじゃないだろうな？　いや、お前に限ってそんなことはない……よな？　さて、話を戻そう。
単刀直入に言う、今度会いに来てくれないか？　俺達からお前に会いに行きたい気持ちはやまやまなんだが、仕事の関係でどうしてもこの都市を出られなくてな。
手紙に金を同封しておいたから、それで護衛を雇うなり馬車に乗るなりしてこっちに来てほしい。別にそんなにすぐ来てくれとは言わない、暇なときで良い。

久しぶりに三人で話せるのを楽しみにしてるぞ。
Ｐ．Ｓ．　手紙の裏に家の場所の住所を記しておくから見ておいてくれ。その場所を衛兵に聞けば多分教えてくれるはずだ』
手紙の裏を見ると、確かに住所が書かれていた。

「……どうせ暇だし、早めに顔見せに行くか……」

とはいえ、数日間は王都を離れることになるかもしれない。

ほとんど毎日会うヘレンさんには伝えておこう。

ファルには……そもそも俺から会いに行けないし、数日に一回会うか会わないかくらいだから伝えなくてもいいか。

俺はそう決めると、明日には行けるように荷物をまとめた。


翌朝、俺は朝飯を食べ終えると、身支度をして家を出た。

まず俺が向かった先は冒険家ギルドだ。

「アル君、おはよう。今日は早いのね」

そう言って笑いかけてくるのはヘレンさんだ。

彼女は今は受付嬢の仕事をしているが、週に2~3回は冒険家として活動するようになった。冒険家として慣れてきたら、いずれは受付嬢をやめて冒険家一筋で生活するつもりらしい。

ヘレンさんが冒険家として活動するときは、俺も一緒に行くことがある。

そのときに俺に集まる男性からの殺意《ヘイト》と言ったら、それはもう恐ろしいものだった。

だが、この前、周囲に男性冒険家が多いときに同行してほしいと言われたときに、あまりの周囲からの視線に怖じ気付いて、断ろうとしたのだが、

『ご……ごめんね？　そうだよね。アル君にも予定があるんだもんね。わかった！　大丈夫！　一人で行ってくる！』

と、無理矢理作ったような笑みで言われてしまって謎の罪悪感に駆られた俺は、すぐさま前言を撤回し、それ以降ヘレンさんの同行は断らないようにしている。

ちなみに、邪龍の力の一片が体内に残されているだけあって、今のヘレンさんはかなり強い。

龍の力の行使に慣れてきたようで、聞いた話によるとブレスも使えるのだとか。

とはいえ、人前で口を大きく広げて放つブレスは恥ずかしいとのことで未だに見せてもらえないのだが。

「今日は何の依頼を受けるの？　昨日Fランクに上がったんだし、いつもよりひとつ上のランクでも受ける？」

さらっとヘレンさんが言ったが、俺は昨日ランクがFに上がった。

なので、受けられる依頼の範囲が広がったのだが、生憎《あいにく》、今日は依頼を受けに来たわけではない。

「あ、いや。今日はヘレンさんに伝えたいことがありまして」

「伝えたい……こと？　もしかして何かあったの？　それだったらギルドマスターとかに──」

「あ、そういうのじゃないんです。これはヘレンさんだけに伝えたいことなので」

「えっ？」

なぜかヘレンさんの顔が赤くなった。

「えっ？　あのっ、それってどういう……」

どうしてヘレンさんは狼狽《うろた》えているのだろうか？

「いや、そのままの意味ですよ。こんなこと言う相手は俺にはヘレンさんしかいません」

俺、王都《ここ》にヘレンさんの他に仲良い人いないし。

ファルには俺のデメリットなしにこのことを伝える手段はないし。

つまりヘレンさん以外の人に言うことではない。

「えっ……えええええ!?」

俺の言葉を聞いて、さらに赤くなるヘレンさん。

「じゃあ言いますね」

「ちょっ！　待って！　心の準備が――」

何で心の準備がいるんだ？　もしかしたら何か壮絶なことを打ち明けられるのかと誤解してるのかもしれないし、早めに伝えてあげよう。

「数日間《しばらく》、王都《ここ》に帰ってこないのでそれを伝えに来ました」

「…………え？」

さっきまで赤かった顔が今度は青白くなった。

何だ？　今日は顔の色がコロコロ変わるな。

「それって……どういう……？」

心なしか泣きそうにも見える。

ぐっ……何も悪いことはしていないはずなのに変な罪悪感が……。

「何か王都で嫌なことでもあったの？」

ん？

「そんなにすぐ決断しなくても、私は相談くらいなら乗れるよ？」

あれ？

「なんなら私に出来ることがあれば何でも――」

「いやいやいや！　別にそーゆーのじゃないですから‼　隣の都市に住んでる親に会いに行く

だけですから！　それで、数日の間は帰ってこないと思うので　それを伝えに来ただけです！」

「あっ！　そういうこと！　よかったぁ～……、アル君が王都を出ていっちゃうのかと……」

ヘレンさんは胸に手を当て安堵《あんど》の息を吐いた。

「出ていくわけないじゃないですか。そうなる前に相談しますよ」

「本当に？」

疑いの視線を向けてずいっと顔を近づけてくるヘレンさんに俺は思わずたじろいだが、

「はい、本当です」

と答えると、

「うむ、よろしい」

ヘレンさんは納得したようで引き下がった。

「じゃあ、行ってきますね」

「うん、行ってらっしゃい」

手を胸の前で小さく振ってくれるヘレンさんに手を振り返すと、俺は冒険家ギルドを出た。

親が今住んでいる都市――ルルグスはグリムの森を越えたところにあるので、俺は東門に向かっていた。

歩いていると、この前、邪龍と戦った場所を通りかかった。

まだ完全には復旧がされておらず、ヘレンさんの家も壊れたままだった。

ヘレンさんは家が壊れているので、今は特別にギルドに寝泊まりさせてもらっているそうだ。

聖龍の遺体については光の粒子となって消えてしまって弔《とむら》えなかったので、今度広場に慰霊碑を作るとのこと。

しかし最近、魔物の群れだったり邪龍だったり、なんだか厄介事《やっかいごと》が多すぎやしないか？　いや、まあ自分から巻き込まれに行ってるから自業自得なんだろうけどさ。

久しぶりに父さんや母さんに会うわけだし、厄介事《やっかいごと》とか冒険家としての仕事を今は忘れて少しは向こうでゆっくりしてくるか。

さて、東門を出たはいいが、走っていったら当然面倒くさいことになる。

配達物が相手に届くと、送り主に配達が完了したということが書かれた紙が渡される。

その紙には届いた日にちが書いてあるので、馬車よりも速いこの足で走っていったら絶対に怪しまれる。

じゃあ馬車並のスピードで行けば良いかと思ったが、あいにく今日はルグス行きの馬車は出ていない。

ということは、馬車並のスピードで走ったら辻褄が合わなくなる……なので……。

「歩き……しかないよなぁ……」

俺はトボトボと歩き始めた。

しばらく歩き続けてヘレスト草原を抜けて、グリムの森の前に到着したが、ふと、何か忘れている気がした。

いや、別に忘れ物とかそういうんじゃなくて記憶的な意味で、

「まっ、いっか」

俺はグリムの森に入った。

途中、魔物が数匹出てきたが、殴れば終わりなので苦戦はしなかった。

が……ちょうど、今目の前に出てきたのは雄のオークだった。

何か引っ掛かるような気がしなくもないが、とにかく倒――、

「――――カ？」

「え？」

このオーク……今しゃべったか？

かなり珍しいことだが、魔物の中には　人の言葉を覚え、仲良くなれるような個体もいるらしい。

きっとこのオークはそういった個体なのだろう。

「――ナ――カ？」

オークの鼻息が荒い。

おそらく、この見た目のせいで出会った人に話しかけようとしてもすぐ逃げられてしまってばかりなので、逃げずに居る俺とは話せるかもしれないと興奮しているのだろう。

嬉しいときって興奮するときあるからな。

だとしたら、話し相手くらいにはなってあげよう。

たとえ違ったとしてもすぐ倒せるだろうし、多分大丈夫だろ。

俺はオークに近づくと、耳をオークの方に向けて、

「悪い、聞こえづらかったからもう一回言ってくれ」

そう言うと、オークは近づいてきて、耳元で口を開いた。

おお、やっぱり人と話したかった――。

「ヤラナイカ？」

「いやぁぁぁぁぁぁぁぁぁぁぁぁ‼」

なぜかその言葉に例えようもないくらい寒気を感じた。

そして蘇《よみがえ》るトラウマ。

――ああ、さっきまで忘れてたのはコレか……。

ここで雌オークに襲われたからな……。

オークが俺の両肩に手を置いた。

「いやぁぁぁぁぁぁぁぁぁぁぁぁぁぁぁ‼」

「ダイジョブ、イタクナイ」

「いやぁぁぁぁぁぁぁぁぁぁぁぁぁ‼」

「ムシロキモチイイカラ」

「いやぁぁぁぁぁぁぁぁぁぁぁぁぁ‼」

やばい……恐怖で体が動かない……。

誰が男である俺が雄のオークに貞操を狙われると予想出来ただろうか。

何？　俺オークを引き寄せる体質でもあんのか？

そう考えている間にもオークは手を俺の服に――。

「やぁ‼」

横から来た何者かに、オークの首から上が切断された。

「君、大丈夫⁉」

「……ああ、ありがとな……」

「ねぇ待って、目から光が失われてるよ⁉　ほんとに大丈夫なの⁉」

「……もうオーク嫌い……」

「元に戻ってぇぇぇぇぇぇぇ‼」

名も知らない人が数分間にわたって励ましてくれたおかげで、少し冷静になってきた。

「もう大丈夫？」

「あ、はい。ありがとうございます」

励まされているときは俯いていたので相手の顔を見ていなかったが、今目の前の人の顔を見ると、水色のショートヘアーの女の子だった。

「うーん、別に僕と同年代くらいだから敬語なんて使わなくても良いと思うんだけど……」

敬語じゃなくていいのか。ってあれ？　…………僕？　え？　何？　いや、確かに若干中性的な見た目な気がしなくもないけど……。

「僕ってことは……もしかして男なのか？」

「えっ⁉　いや、違うよ⁉　僕は女の子だよ⁉」

手を顔の前でブンブン振りながら否定してくる。

「……じゃあ何で自分のことを僕って……」

「それは……その……――いろいろ……ありまして」

最後の言葉の時だけ凄く陰が濃くなったのを見て、――ああ、この話題についてはツッコんじゃいけないなと思った。

だが、この人はすぐに笑顔になると、

「さてと！　じゃあ自己紹介と行こうか！　僕の名前はルリ！　君の名前は？」

「俺はアルだ」

「なるほど、それで？　アル君はどうしてこんなところに？」

「ルルグスに向かってる途中だったんだ」

「おお！　偶然だね！　僕もルルグスに向かってたんだ」

「マジか」

なんたる偶然。

「ねぇ、どうせなら一緒に行かない？」

「……いいのか？」

一人で退屈そうに歩くよりは二人で話しながら歩いた方が楽しいだろう。

が、１日で着く距離ではないので、当然野宿をすることになる。

つまり、

「俺は男だぞ？　野宿のときに襲われるとかしたらどうすんだ？」

「え？　君はそんなことしないでしょ？」

何で言いきれるんだ？　いや、確かにそんなことをするつもりは毛頭ないが。

「何でそう思うんだ？」

俺がそう聞くと、ルリは顎に人指し指を置いて考える素振りをして
「う～ん……何となく？」

大丈夫か？　この人。

「まあ、まず君みたいに忠告してくれるような人はそんなことしないだろうしね。それに、僕は別に可愛くないから襲われる心配は無いと思うよ？」

「いや、十分可愛いだろ」

「あ、そう？　ふふっ、お世辞でも嬉しいよ、ありがと」

お世辞で言ったわけでは無いんだがなぁ……。

「じゃあそろそろ行こうか！　ルルグスはまだ遠いから張り切って行こー！」

「おう」

ルリは俺の方を向くと、

「…………………張り切って行こー！」

「そのノリに乗れと!?」

「張り切って行こー！」

「無視!?」

結局、ノリに乗らずに歩き出したら付いてきた。

退屈のしない道中

俺はルリと話しながらルルグスへの経路を歩いていた。

やはり一人寂しく歩くよりも、誰かと話しながら歩いた方が楽しい。

歩き続けて気がつけば夕方になっていたので、もう少し先で野宿にするらしい。

「そういえばさ、アル君はどうしてルルグスに向かってるの？」

今更だな、これ。

まあそれだけ話題に欠かなかったってことか。

「昨日届いた手紙で両親から呼び出し食らったんだよ。暇なときで良いとは言われたけど、思えばしばらく顔見せてなかったし、早目に会いに行こうと思ってな」

「なるほどね……でもなんで親と離れて暮らしてたの？　勘当でもされた？」

「ねーよ！」

真顔でとんでもないこと言うな。

「あはは、冗談だよ。君みたいな人が勘当されるとは思ってないよ」

「冗談が重すぎるんだが……」

俺がそう言うと彼女は俺に向けてサムズアップをして、

「これがブラックジョークってやつだね！」

「ドヤ顔で言ってるけど、それ多分違う‼」

やばい……しばらく話しててもルリという人物の性格が掴めない……。

「違うかな？」

「全然違うから。ところでルリはどうしてルルグスに向かってるんだ？　俺みたいに両親に会いに行く……ってわけでもなさそうだけど」

俺の質問にルリは前を向いて俯き、

『んー……』

としばらく考えてからこちらを向くと。

「――なんて言ったらいいんだろう？」

「俺に聞くな」

「ごめんごめん。全部話すと長いから省略しようと思ったんだけど……仕方ないから全部話すことにするよ」

「そうしてくれ」

ルリはコホンとわざとらしく咳をして、

「僕は基本旅をして自分を鍛えてるんだよ。そんなとき、最近、ルルグスの周辺で魔族が目撃されたって話を商人の人から聞いてね」

「？　和平を結んだから魔族がいても別におかしくはなくないか？　まあ滅多に来ないから珍しいけど」

「いや、ただいるだけだったらいいんだけどね？　聞いた話によると、出会った人達は皆、怪我して帰ってくるらしいんだ。だから調査に行ってみようかなって」

「それ……危なくないか？」

「ん？　大丈夫だよ。あくまでこの話は噂の域を出ないし、何事も無ければそれで終わりなんだから。それに――」

ルリは自分の胸に手を置き、

「でも僕、勇者の子孫だから」

「え？」

マジで？　行方不明とされてた勇者の子孫と会っちゃったよ。

「だから、いざってときになったら先祖様から引き継がれてきた勇者としての力でどうにかするつもり。だから心配はいらないよ」

「そうか……なら、大丈夫か」

それに、今の俺の格好は農民ではなく一般人スタイルだが、どちらにしろ戦いに付いていける格好ではない。

ついていくならステータスのことを明かさなければならない。

まあ、勇者の子孫だっていうんなら、それなりに強いんだろうし心配しなくても良いか。

「僕の事、心配してくれたんだよね？　ありがとと」

満面の笑みでそう言う彼女の顔を夕日が照らし、とても可憐に見えた。

「お、おう」

思わず声が上ずってしまった。

「さて、じゃあ今日はここら辺で野宿にしよっか」

「そうだな」

そう言って彼女は小さなバッグからテントの部品を――、

「いやおかしくね⁉」

「突然、何⁉」

「普通そんな小さいバッグにテント入らなくね⁉」

「ああ、これ？　僕も原理はよくわからないんだけど、見た目以上の収納性があるみたいで中々重宝してるんだよ。これもご先祖様から引き継いできた物の1つだよ」

「そんなもんまであるのか勇者家系……」

なんかちょっと羨ましいな。

俺の視線に気がついたのか、ルリはバッグをさっと取って胸に抱き、

「これは渡さないよ⁉」

「盗るつもりはねぇよ!?」

「ふふっ、冗談だよ」

「だろうと思ったよ！」

他愛もない話をしつつ、俺はテントを立てる準備の手伝いをした。

テントの準備が終わると、次は夕飯の準備に取りかかった。

二人で持っている食料を出しあって、料理の方はサバイバルに慣れているというルリに任せた。

（といっても具材を切るくらいの手伝いはしたが）

そして完成した料理は、スープや炒め物など、家にいるときと同じ……下手したらそれ以上の料理だった。

「いただきまーす。はふぅ……美味しい」

「いただきます。……うわ何これ美味《うま》っ!?」

俺がそう言うとルリは嬉しそうに笑った。

「あはは、作った本人からしたら、そんなこと言ってもらえて嬉しいよ。どんどん食べてね」

美味しかったからなのか、箸がいつもより早く進み、すぐに食べ終わってしまった。

「ああ、美味かった……ごちそうさまでした」

「はい、お粗末様。さて、じゃあそろそろ寝る準備でもしようか」

「そうだな」

俺はバッグから寝袋を出して地面に置いた。

「え？　アル君、どこで寝る気？」

「どこって……ここだけど？」

俺は寝袋をポンポンと叩きながら言った。

「別にテントの中でいいよ？」

「……何で？」

「テント作るの手伝ってもらっちゃったし、外よりテントの中の方が快適だよ？」

「……頼むから貞操観念を持ってくれ」

そう言うとルリはむっとした顔になった。

「僕だってそれくらい考えてるさ。何も考えずに男の人と同じテントで寝ようとは思わないよ。でも、まだ会って1日しか経ってないけど君は変なことしないって思ったからこそ、こう言ってるんだよ？」

「なにその無駄な信用……」

「これでも直感には自信があるんだよ」

「直感って……、はぁ……わかったよ」

「うんうん、最初からそう言えばいいんだよ」

ルリは腕を組んで頷きながら言った。

「んじゃ、どうぞ」

ルリがテントの入り口を開けて招いてきたので寝袋を持って中に入った。

「あれ？　布団が二つ？」

寝袋を持ってきた意味がないじゃないか。

そんなことを思っていると、ルリもテントに入ってきた。

「よし、じゃあ寝るまで話そっか。僕、旅をしてるときに夜、誰かと話しながら寝るのが夢だったんだ」

「どんな夢だよそれ……。まあ、そんくらいの夢だったらいくらでも付き合うけどさ」

「うん、ありがと。じゃあ――」

俺はルリが寝るまで話に付き合った。

再会の約束と実家

んん……？

なんか……心なしか少し寒いな……。

俺は重い目を擦りながら横を向くと——、

「すぅ……すぅ……」

目の前でルリが寝ていた。

いや、もっと詳しく言おう。

目の前でルリが〝二人分〟の掛け布団をかけて寝ていた。

一枚は俺が使ってたやつだ……。

どうりで寒かったはずだ……しかし……。

「……寝相悪すぎないか……？」

「んぅ……？」

俺の呟きが聞こえてしまったようで、ルリが目を覚ました。

「あ、悪い。起こしちゃったか」

「あー、いーよいーよ。気にしないで……」

そう言って眠そうに目を擦るルリだったが、ふと自分の体に乗っている二枚の掛け布団を見て、

「何で僕、二枚も布団掛けてるの？」

「おい待て嘘だろ？」

自覚無いの？　いや、寝てるときのことだろうから自覚はないか。

「自覚？」

首を傾げて聞いてくるルリに、俺は説明する。

「俺が朝起きたときにはすでに掛け布団が俺の上にはなく、ルリの上にあった。

ここから導き出される結論は？」

「アル君の寝相が悪かった？」

「なぜそうなる⁉」

「じゃあアル君が掛けてくれたとか？」

「俺が起きたときにはすでにお前が俺の布団掛けてたって言ったよな⁉」

「まさか……寝ながら掛けてくれたの⁉」

「おいマジでびっくり仰天みたいな顔をするな」

「まあこれも冗談だよ。ごめんね。僕、昔から少し寝相が悪くてね。寝てるときに近くにあるものは引き寄せちゃうことがあるんだ」

「なにそれ怖ぇよ」

「まあ、とりあえずそろそろ起きようか。布団のお詫びと言っては何だけど、朝ご飯を少し豪華にするよ」

「それは楽しみだ」

俺達は近くの川で顔を洗った後、少し豪華な朝ご飯を食べて、ルルグスに向けて出発した。


歩き続けて数時間が経っただろうか、少し先に門が見えてきた。

「ようやく……到着ってとこか……?」

「そうだね。あれ？　ひょっとしてルルグスに来るの初めてなの?」

「そうだな。俺、最近までほとんど村で暮らしてたし、王都に来るのも農業や漁業で得たものを売りに来るくらいだったし」

「えっ？　アル君、農民だったの!?」

意外そうな顔をしてこちらを見てきたルリは、その後ジト目になって、

「なんで農民さんなのに護衛付けるとか馬車に乗るとかしなかったの？　もし私があそこに来なかったら……」

「――ああ」

確かにあそこにルリが来なかったら俺はオークに――――。

「……アル君？　急に俯いちゃってどうしたの？」

「オーク怖いオーク怖いオーク怖い……」

「アル君、落ち着いてぇぇぇぇぇぇぇぇ‼」

俺の肩を揺さぶりながら言うルリに、俺は笑顔を向けて、

「冗談だ」

「………………今のは、本当にタチが悪いと思うよ？」

「ごめんなさい」

ちょっと真似したかったんだよ。

「うん。でも、次からはちゃんと護衛を雇ってね？　アル君に何かあったら僕は嫌だから」

「了解」

でもオークさえ来なきゃ大丈夫なんだよなぁ……。

そんな会話をしている間に門の前に到着していたようで、手続きを終わらせて二人でルグスに入った。

「さて、ここからルリはどうするんだ？」

「僕は今日のところは休ませてもらって、明日は準備を整えたり情報を集めたりして、明後日には調査に行こうかなって思ってるんだ」

「そっか、気を付けろよ。それじゃあ――」

「アル君」

「ん？」

俺の言葉を遮るように名前を呼ばれたので、何かと思ったが、ルリは少し寂しげだが俺に笑顔を向けると、

「僕ね、誰かと旅したことなかったんだ。いや、今回のは旅なんて言えるようなものではなかったけど、でも僕はとっても楽しかったんだ。だから、もしよかったらまた機会があったら一緒に――」

「護衛、頼めるか？」

「え？」

きょとんとするルリに俺は続ける。

「俺は数日間はここに滞在するけど、そのあとは王都に戻るんだ。ルリも数日間はここら辺にいるんだろ？　だから、帰りの護衛を頼めるか？」

それを聞くと、ルリは満面の笑みを浮かべた。

「うん、…………うん！　わかった！　えっと……じゃあ、僕の泊まる宿を教えておくから、帰る日にちが決まったらそこに来て僕に伝えてくれないかな？」

「それがいいな」

ルリはバッグの中から紙とペンを取り出すと、そこに宿の名前や場所などを書き込んでいく。

そして、俺にその紙を手渡した。

「はい！　ここだよ。じゃあよろしくね！」

「わかった。それじゃ、またな」

「またね！　バイバイ！」

こちらを見て手を振りながら走り去っていくルリに、俺は手を振り返した。……あいつ、友達少なかったのか？

まあ仮にも勇者の子孫だし、いろいろあるんだろうな。

さて、俺も両親のとこに向かうか……。

俺は衛兵さんに場所を聞きつつ、なんとか両親の家であろうところに到着した。

見たところ普通の家でちょっと安心した。

「よし、入ろ――」

玄関のドアノブに手をかけた瞬間、

「アルゥウウウウウウウウ!!」

ドアが突然開き、俺は出てきた人物に名前を叫びながら抱き締められた。

これ、俺の母親なんだぜ……？

親子の再会

俺の母親は料理、洗濯などの家事はもちろん、その優しく元気な性格のおかげか人付き合いも上手く、さらに息子の俺が言うのもあれだが美人である。

が、欠点がひとつ、それが——。

「アル！　アル！　お母さんずっと会いたかったわ！　アルゥウウウウウウゥ！」

親バカであることだ。

「母さん……苦しいから離してくれると嬉しいんだけど……」

抱き締める力が強すぎてヤバイ。

なんか骨がミシミシいってる気がする。

おい待て、俺の防御力貫通してんじゃねぇか。

「駄目、まだアル成分が溜まってないもの！」

そのアル成分が何だか知らんがそれが溜まる前に俺が死にそうなんですが。

あ、ヤバ——。

「テメェエエエエエエ！　人様の妻に何してやがる‼」

「ごっぺぇあ⁉」

突然誰かに頬を殴られた。

その衝撃で俺は母さんの抱擁《こうそく》を抜け出すことに成功したが、地面をゴロゴロと転がった。

殴られた頬が地味に痛い。

さっきからステータスが仕事してねぇぞ。

それにしても、さっきの光景は明らかに俺が抱擁《こうそく》されてたってのにまるで俺が手を出したかのような言い草だったような――。

「誰だか知らんが俺の妻に――」

「――貴方？」

「え？」

母さんの後ろに修羅が見えた。

ヤバイ、これはヤバイ。

殴り込んできた男も顔が汗だくになって青白くなっていた。

逆らったら死ぬ。

あ、これ俺の父さんだわ。

「今、貴方は何をしたのかわかってるの？」

顔は笑っているけど目が笑っていない母さんに、父さんの顔はさらに恐怖に染まった。

「え……えと、ルシカに手を出す男がいたからぶん殴――」

「へぇ？　貴方は私に息子との抱擁《ほうよう》すら許さないと言うの？」

「息、子？　え？」

父さんは俺を見て、

「あ、アル？」

「その通りだよ父さん、じゃあ頑張って」

母さんの親バカっぷりは父さんもよく知っている。

つまり――、

「アル、殴って悪かった。――生きていたら再会を喜ぼう」

死地に向かうような顔でそう言った父さんは、母さんに家の中に連れていかれた。

数分後、家の中から父さんの悲鳴が聞こえた気がした。

南無三……。

しばらくして母さんが家から出てきた。

「アル、待たせちゃってごめんね？　ささ、どうぞ入って？」

ねぇ母さん、服が血まみれなのはツッコんだら負けなの？

「？　どうかしたの？」

「いや、なんでもない」

言いたくても……言えない……！

「こっちの部屋が居間よ」

そう言って案内してくれる母さんに付いて行く途中に、一つの部屋の扉が開いていたので見てみると——、

「…………………」

その部屋には血が飛び散っていた。

そして、父さんが燃え尽きたかのような様子で壁の近くにある椅子にもたれ掛かって座っていた。

……ウチの両親はいつから猟奇性のある性格になったんだろうか。

だが思い返せば、両親が村にいた頃はこれくらい普通だったことを思い出して安心した。

とりあえず居間に入って椅子に座ると、母さんはお茶を出して俺の隣に座った。

「それで？　いつまでここにいるの？　ずっといてくれてもいいんだけど」

うーん、確かルリが調査をするのが三日目で、その次の日は休みたいだろうから、

「5日目に帰ろうかな」

「……アル？」

「何？　母さ——」

俺は母さんの方を見ると、母さんの笑みが黒いことに気がついた。

「アル……今女の子のこと考えてた？」

え？

「まさか付き合ってるんじゃないわよね？」

え？

「母さん、認めませんよ。アルにはまだ早いですから」

俺が母さんの親バカっぷりに恐怖していると、ようやく復帰した父さんが居間に入ってきて
「それ、ルシカがただアルを取られたくないだけじゃ――んごぺっ⁉」

父さんがぶっ飛んだ。

もう一度言おう。

父さんがぶっ飛んだ。

(大事なことなので二回)

「またお仕置きが必要かしら……？」

やめてあげて‼

「母さん！　心配しなくても俺は付き合っていなければ好きな人もいないから！」

そう言うと、母さんの不機嫌そうな顔が一気に満面の笑みに戻った。

「あら？　そうなの？　よかった」

うん、俺も母さんが元に戻ってよかった。

「お腹減ったでしょう？　そろそろお昼ご飯にしましょうか」

そう言って母さんは台所へ向かった。

俺はそれを確認すると、ぶっ飛んで虫の息だった父さんに目を向けた。

「……アル、お前のフォローがなければ今頃父さんは死んでいただろう……ありがとな」

「……あの親バカっぷり、前よりむしろ悪化してないか？」

「ああ、ただでさえお前と離れて暮らすことになったときも説得が大変だったからな。

結局こっちに着いた後もしばらくは念仏のようにお前の名前を唱えていた」

なにそれ怖いんだが。

「だから、大変だと思うが母さんを満足させてやってくれ……頼、んだ、ぞ……」

「父さん……？　おい！　起きろよ！　父さん⁉」

茶番終了。

父さんはただ気絶しただけである。

「アル！　悪いんだけどちょっと手伝ってもらってもいいかしらー？」

「わかった、今行く！」

俺は気絶した父さんを置いて台所に向かった。

お昼ご飯を作り終えるときには、すでに父さんは意識を取り戻していて、三人で一緒にお昼ご飯を食べた。

ちなみになぜか父さんの分の肉だけ焦げていたが気にしない。

ツッコんだら負けなのだ。

父さんもそれがわかっているようで、その肉を平然と食べ――、

「んごぺっ⁉」

さっきと同じような悲鳴をあげながら父さんは椅子ごと倒れた。

「…………」

ツッコんだら負けなのである。

都市調査

昼飯を食べ終わった後、俺は母さんと二人で会話をしていた。

なお、父さんはまだ気絶している。

「王都も素晴らしいけど、ルルグスもかなり良いところよ？　平和だから物騒な噂も聞かないし」

ちなみにさっきから母さんはずっとこんな感じでルルグスについての良いところをアピールしてくる。

よほど俺をこっちに住ませたいのだろう。

このままでは取り込まれるかもしれない。

「じゃあ、そんなに良いならちょっとこの都市のこと見てくるよ」

「あら、本当？　じゃあいってらっしゃい。私はちょっと後始末があるから」

俺の言葉を、前向きに考えていてくれると判断したと思われる母さんは、笑顔で送り出してくれた。

しかし、確かにまだ机の上には食べ終わったあとの食器があるとはいえ、それの片付けをすぐ済ませて付いてくるかと思っ――、

「んがああああああああああああああ？‼」

後始末ってそっちなのか。

皿じゃなくて父さんの始末なのか。

ヤバイ、やっぱりここはヤバイ。

そそくさと逃げるように家から離れ、商店街に向かった。

ふむ、賑《にぎ》わいは王都の方が勝ってるけどあんまり変わらないな。

品揃えもなかなか良いし、それに皆笑顔だった。

確かに良い都市だと言うのは本当のようだ。

とりあえず、俺も何か買ってみるか。

俺は適当な果物屋を見つけると、店主であろうおじさんに話しかけた。

「すみません、何かオススメありますか？」

「それならカポスがオススメだな」

カポスとは緑色の薄い皮で実が覆われた果物で、食べるとシャクシャクしており、みずみずしくて美味しい果物だ。

そういえば、そろそろカポスは旬の時期だったな。

美味いから一度は育てたかったんだが環境がなぁ……。

おっと、そんなことより、

「じゃあカポスを3個ください」

せっかくだから父さんと母さんの分も買った。

「一つ140ネルだから420ネル……だけどおまけして400ネルでいいぜ」

「ありがとうございます」

この人優しいな……。

俺は400ネルぴったりを店主に渡し、店主からカポスを受け取った。

「……ここ、平和だなぁ……」

「ああ、ルルグスは平和だ。

変な噂も聞かないし、いいとこだ」

俺の呟きが聞こえていたのか、店主は俺の言葉に返してくれた。

「ま、稀にスリとかが出ちまうことはあるけどな。まあ、そんなことしてもここじゃすぐ捕まっちまう。ここは衛兵が優秀だからな」

「なるほど……」

ここは本当に住みやすくて良い都市みたいだ。

もしかしたら母さんも本当はこの都市を自慢したかっただけ……なわけはないだろうけど少しは自慢したい気持ちがあったのだろう。

そうだと思いたい。

俺はカポスをかじりながら商店街を歩き回った。

カポスはとても美味しかった。

品種改良してどこでも育つカポスでも誰か作ってくれないかな……。

夕方、ルルグスを歩き回り終えた俺は、家に戻ってきた。

「ただいま」

「アルおかえりぃぃぃぃぃぃぃぃ‼」

両腕を広げて飛びついてくる母親を俺は体を横にそらすことで回避した。

すると母さんは体を空中で半回転させ、

「ぬぅぅんっ！」

と、女性が出してはいけないような声を出したと同時に空気を蹴った。

そしてもう一度俺に飛びかかってきた。

「はぁ⁉　そんなのありおごふっ⁉」

「もー、そんなに恥ずかしがらなくても良いのに……」

「母さん……空気を蹴るなんて技いつ覚えたんだよ……」

「ふふ、私は息子の為なら不可能を可能にするのよ！」

可能にしないでください。

不可能は不可能のままにしていてくださいお願いします。

「それに、ギャグパートでは私のようなキャラが最強なのよ？　わかった？」

ごめん、何言ってるかよくわからない。

とりあえず母さんには敵わないってことは嫌でも理解出来た。

抱きついてきた母をなんとか取り払い、居間に入ると父さんが二人いた。

俺は無言で扉を閉めた。

「……アル？」

「ああ、そうだよな、俺の見間違いだよな、まさかそんなことあるわけないよな」

俺は落ち着いてもう一度扉を開けた。

父さんが二人いた。

片方は倒れていて、もう片方はその近くに立っていた。

「はは、アルよ、父さんはついに幽体離脱してしまったようだ」

俺は立っている方の父さんの頭を掴んだ。

幽体離脱をしていても掴めるようだ。

「さっさと戻れ‼」

俺は元の体に霊体を叩きつけた。

「んぐぉふっ！」

元の体に戻った父さんは少し跳ね上がった。

「危なかった……父さんはあのままだったら逝《い》ってたかもしれん……」

ここまでになるまで一体母さんは何をしたんだよ。

「さて、そろそろ夕飯にしましょうか」

母さんは俺が腹を空かせて帰ってきても良いように夕飯の準備を終えていたようだ。

夕飯のときにさきほど買ったカポスを渡したら、とても喜ばれた。

夕飯の時間は特に問題なく終了し、寝る時間になって部屋に案内されたのだが……。

「なんで母さんがいるの？」

「私もここで寝るからよ？」

「母さんの部屋は？」

「ここじゃないわ」

「うん、おかしいよね」

「恥ずかしがらなくてもいいのよ？」

駄目だこの人、早くなんとかしないと。

「……ちょっと寝る前にトイレ行ってくる」

「はーい、すぐ戻ってきてね」

俺は部屋を出ると、まずトイレに行き、その後、父さんの部屋に入った。

そして鍵を閉めた。

「父さん……避難させてくれ」

「……明日怒られるの父さんなんだけど？」

「……頑張ってくれ、俺の平和のために」

「おい！　ちょ！　勝手に控えの布団を敷くな！　おい！　ベッドの隣に寝るな！　ちょ！　アル‼　起きてくれ！」

翌朝、父さんは犠牲になった。

違和感はようやく表に

俺は父さんの亡骸（死んでない）を素通りして居間に向かった。

「あらアル、おはよう」

父さんが犠牲になってくれたおかげでストレスがなくなったのか、母さんは笑顔で挨拶してきた。

「おはよう、母さん」

俺が椅子に座ると、母さんはすぐに朝食を運んでくれた。

「……うん、やっぱ美味いな。ルリの料理も美味かったけど、やっぱ俺としては母さんの料理が一番だな」

しみじみと呟く俺の声が聞こえたのか、母さんは満面の笑みを浮かべると、

「あらありがとう！　そんなふうに褒められると母さん嬉しいわ‼　……ところで……」

母さんの顔に陰が帯びた。

「ルリって……誰のことかしら？」

……アカン。

いや、落ち着け。

あの酷さは相手が父さんだから発動されるのであって、初対面の人には発動しないはず……そもそも、ルリには料理を作ってもらっただけ……じゃないな。

一緒にここまで来て、あと、母さんと同じ部屋で寝るのは断ったのにルリとは部屋よりも狭いテントの中で二人で寝たな。

ヤバイ。

バレたら死ぬ（ルリが）。

「いや、ルリってのは男の人で――」

母さんは言葉を遮るように俺の肩に手を置いた。

「……母さん、本当のことが聞きたいな」

この人、目が据わってるんだが⁉　とはいえ、本当のことを言えば大変なことになるだろうし……。

「ごめん、実はルリって人は女の人なんだ」

「やっぱり……」

「でも、その人が料理を作ってくれたのは、俺がここに来る途中に腹が減って倒れたところに偶然通りかかったからなんだ。だから、彼女がいなきゃ俺は死んでたかもしれない。ルリは命の恩人だよ」

かなりオーバーな脚色をして、まるで演劇家のように演技する俺を見た母さんは――、

「なーんだ！　母さん早とちりしちゃった！　ごめんねアル！」

母さんは意外とチョロかった。

俺は朝食を食べ終えると、また都市の探索に出た。

ボロを出したらルリが危ないからだ。

……そういや今頃ルリはどうしてんだろ？　今日は確か情報収集と準備……だったか？

うーん、今のところ暇だし、俺も情報収集してみるか。

情報が集まったら渡された紙に書いてある宿に行けば会えるだろうし、そこで情報と一緒に帰る日を伝えるか。

俺は今日の行動を決めると、早速情報収集のために動き始めた。

「魔族？　そんな噂知らないな……。ここは平和だし、そんなことなんて起こってねぇと思うぞ？」

「そうですか……ありがとうございます……」

変だ。

一日中聞き込みをしたが、皆が口を揃えて『知らない』と言う。

昨日だって皆がこの都市は平和で変な噂はないと言っていた。

だが、本当にここの近くで魔族によって大怪我させられた人が何人も出たら噂になるはずだ。

だが、噂にはなっていない。

このことに昨日の時点で気付くべきだった。

「よくわからないけど、ルリもすでに違和感に気付いてるだろうな……」

そもそも、その噂をルリに教えた商人というのが、ただのホラ吹きなのか、それとも――ルリが勇者だということを知っていて、わざと嘘の噂を教えてここに引き寄せたのか。

前者ならまだ良いが、もしも後者だったら……。

「ルリが危ないな……」

とりあえず調査に出るのは明日だって言ってたし、ルリはもう宿に戻ってるはずだ。

少しルリと、このことについて話してみるか。

俺は紙に書いてある宿に、衛兵に場所を聞きながら向かった。

よほどマイナーな宿だったのか、それとも尋ねた衛兵の土地勘が無かったのか、宿の名前を伝えても衛兵は聞いたことがないと言っていた。

だが、紙にはその宿の周囲にある建造物などの情報も記されていて、衛兵がそこなら知っていると言い、俺を宿の近くまで案内してくれたおかげで、宿を探し出すことが出来た。

宿に入ると、俺は受付の女の人に話しかけた。

「ここにルリって人が泊まってると思うんですけど……」

「……その髪の色と見た目は……お客様のおっしゃっていたアルさんですか？」

「あ、そうです」

「お客様にはアルさんが来たら部屋に通すようにと伝えられております」

「そうですか、なら——」

「ですが、お客様は数時間前に一度戻ってきて、その後、私にある程度の質問をしたあと、すぐに外出なされました」

「は？　外出？」

それってつまり——。

「出ていく前にお客様は『都市の外に出てくるから夕飯には間に合わないと思う。だから僕の分は準備しなくても良いよ』と申されていました」

あいつ……焦りすぎだ……！　もし罠だったらどうする！　いや、あいつのことだ……ワザと罠に嵌《は》まりに行って首謀者《しゅぼうしゃ》を叩こうと思ったのかもしれない。

となると——。

「受付さん、ルルグス周辺で一番、人気《ひとけ》のない場所ってどこですか？」

「それでしたら幻影の森ですね。迷いやすいため、あまり人が立ち入ることはありません。場所は北門を出て真っ直ぐです。ちなみに、お客様にも同じ質問をされたので、同じ場所をお答えさせていただきました」

「ありがとうございます！」

俺は即座に走り出した。

何事もなきゃいいんだが……！

ルリが焦りすぎだと思っていた俺だったが、俺もつい焦ってしまっていた。

だからだろう。

受付の人の口元が笑っていたことに気が付くことが出来なかった。

「――人間って本当に馬鹿な生き物」

その日、宿は忽然《こつぜん》と姿を消した。

いや、元々その場所に宿なんてなかった。

ただ元に戻っただけ。

それだけのことだった。

「二人で仲良く、死んできてね」

平和に隠れる闇

俺はルルグスの都市内を走っていた。

都市の外に出れば本気で走れるのだが、ここで本気で走ると大変な事になるので、歯痒《はがゆ》い気持ちを抑えながらも走った。

「あった！　門だ！」

門番との手続きを終えて、少し都市から離れたところで、俺は本気で走り始めた。

それほど目的地は遠くないようで、だんだんと森が近づいてきた。

あれが幻影の森か……。

遠目でもわかるくらいの霧がかかっており、油断したらすぐに迷いそうだと思った。

すでに夕日が見えてきたので、早く見つけないと夜になってしまう。

……何事も無ければいいんだが……。

俺は幻影の森に入った。

森の中はさらに霧が濃く、10メートル先も見えないくらいだった。

「こんなんじゃ探すどころじゃないな……」

スキルに地形把握《はあく》がなかったら帰れなくなってたところだ。

しかし、帰れたとしてもルリを見つけられなければ意味がない。

……無駄かもしれないけど声出してみるか。

「おーい！　ルリー！　いるかー⁉」

……ん？　何か向こうから声が聞こえたような……。

声が聞こえた方向に走りながら俺は声を出し続けた。

「ルリ！　どこだー⁉」

だんだんと声が近くなっていく。

「ここだよー！」

「そっちか！」

声がすぐ近くから聞こえたのでそちらへ向かうと、ルリは木に寄りかかって座っていた。

「はぁ……ようやく見つけた……。何してんだよ……」

「あはは……僕、迷っちゃって……」

頬をかきながら面目なさそうにそう言うルリに俺は手を伸ばした。

「まあ、とりあえず今日は帰ろうぜ。俺は道がわかるからさ」

そう言うとルリは目を輝かせた。

「本当⁉　……というか、何でアル君がここに？」

うぐっ、上手く誤魔化《ごまか》すか。

「ああ、それは――」

言いかけて、ゾワッと寒気がした。

周囲を確認すると、左の方に人型の影が見えた。

「ようやく見つけましたよ……。いやぁ、誘い込んだは良いものの、霧でまったく周囲が見えなくて探しづらかったですよ……。さっきの声がなければ森ごと破壊してたかもしれませんね」

そう言いながらだんだんとこちらへ近付いてくる。

この声、どっかで――。

「この、声……まさか……」

ルリにもこの声に覚えがあるようだ。

そして、ようやく声の主が俺たちから姿が見える位置に来た。

「おや、二人居るので誰かと思いましたがもう一人は貴方でしたか。いずれ貴方も処分する予定でしたので私としては手間が省けて嬉しい限りです」

その顔を見てルリは顔を強張らせた。

「やっぱり……。君は……嘘の噂を僕に話した商人さんだよね……?」

ルリにとっては嘘の噂を聞かされた商人。

そして俺にとっては邪龍について調べているときに図書館への道を教えてくれた商人だった。

「それにしても、せっかく道を教えたというのに私の話を聞かずにすぐに去ってしまうとは……なかなかつれない人物だと思っていましたが、自らこの渦中に飛び込んでくるとは思いませんでしたよ……！」

そう言って商人の彼は愉快そうに笑う。

邪龍も恐ろしかったが、コイツも同等、下手したらそれ以上にヤバい。

俺はステータスを確認するために見極めの力を――、

「……おや？」

彼は腕で何かを振り払うような動作をとった。

バチィンッ！という音が響き、見極めの力は効力を発動しなかった。

「……は？」

見極めの力が……弾かれた？

「失礼、自己紹介がまだでしたね。そんな探ろうとしなくてもちゃんと教えてあげますよ」

ゴイツは……意図的に弾いたってのか？

「私は邪神様の配下、ロキ・ダエーワ。以後お見知りおきを」

そう言って恭しく貴族のように礼をするロキ。

顔を上げたとき、ロキの黒目は赤い目へと変色していた。

「さて、ではどちらから――」

「はぁぁぁぁぁぁぁぁぁぁぁ‼」

ルリが剣を構えてロキに飛びかかる。

その表情には焦燥《しょうそう》が見てとれた。

「待てルリ！　そいつは——」

ルリに制止を求め、手を伸ばすが遅かった。

「……ではお望み通り、貴女から始末して差し上げましょう！」

一瞬、何が起きたのかわからなかった。

が、ルリが身体中から血を出して吹き飛ばされたということだけは理解出来た。

「ぐ、ぅ……」

吹き飛ばされたルリを見ていたロキは、

「——脆《もろ》い」

すべてを凍らせるような冷たい声でそう呟いた。

神の力を持ちし勇ましき者

「ルリ！」

俺はすぐさまルリに駆け寄ってヒールをかけた。

幸い、ロキは軽めに攻撃したのか、見た目ほど酷い怪我ではなかった。

「おや……貴方は回復魔法を使えるのですか。ということは、貴方から倒してしまえば回復の手段がなくなるということですね？」

ロキはターゲットを俺に切り替えたようだ。

俺はルリの前に立ち塞がるような位置に出た。

「アル……君、ごめん……僕のせいで……」

怪我は回復したようだが、血を少し流しすぎたためか、ルリは辛そうだ。

「謝る必要はねぇよ。今はコイツをどうにかしないと」

「無理……だよ……！　僕が、まったく……対応出来なかった……のに……」

「大丈夫だ、俺は──超一流の農民だからな！」

俺は地を蹴ってロキに殴りかかるが、ロキは軽く体を横にそらして避けると、俺が殴るために伸ばした腕を掴み、そのまま投げ飛ばした。

投げ飛ばされた先には木があった。

「やべっ！」

俺はそのとき、昨日の母さんの動きを思い出し、空中で体を半回転させると、

「らぁっ！」

投げ飛ばされた先にあった木を蹴り、ロキのもとへ飛んだ。

さすがに空中は蹴れないが、応用なら出来た。

「ほう、これはこれは」

それを見たロキは拳を構えた。

その拳に黒くすべてを闇で染めてしまうような禍々《まがまが》しい気を纏《まと》わせて。

「まずっ……!?」

「アル君‼」

ルリの叫びが聞こえるが、俺は――、

「消えてください」

ロキが拳を前に突きだした瞬間、凄まじい闇の衝撃波が発生した。

俺のいた場所は、草も木も、そして霧も、無惨にすべてが消え去った。

「本当に甘いですね……その素晴らしいステータスを持っていながらそれを扱いきれていないない……さながら、一般人が聖剣を持っているようなものでしたね。……さて」

ロキはルリの方を向いた。

「アル……君……？　嘘……でしょ？」

「貴女もすぐに同じ所に送ってあげましょう。さて、では次は貴女の番で――」

刹那《せつな》、ロキの頬に拳がめり込んだ。

言わずもがな、俺の拳だ。

「ごっ⁉」

完全に油断していたのか、ロキにはかなりのダメージが通ったようだ。

「もう一発……！」

俺は殴ったときのそのまま勢いで体を回転させ、蹴りをロキに食らわせんと足をロキに――、

「調子に乗らないでください！」

ロキは蹴りを繰り出そうとした俺の足を掴むと、もう片方の手に闇の力を込め、

「さきほどはどう回避したのか知りませんが、これなら回避出来ないでしょう？　――死ね」

ゼロ距離での一撃が俺を襲った。

「がぁっ……⁉」

そして、そのままの勢いで吹き飛ばされた俺は木に衝突した。

「ごはっ……！」

俺は大量に吐血した。

邪龍の強さの比ではなかった。

それはそうだろう、邪龍は聖龍が内部で抵抗していたからこそ、あの強さに収まっていたのだから。

いつだって本来の実力を出せる目の前の男の方が強いということは納得がいくことだった。

「ヒー……ル」

俺は自身に回復魔法をかけ、なんとか動けるレベルには回復した。

「本当に厄介《やっかい》ですね……とはいえ、私に一撃を入れたのです。あの世で誇っても良いことですよ？」

余裕綽々《よゆうしゃくしゃく》とした様子でこちらを見てくるロキ。

「さあ、もう終わりなんですか？　もっと楽しませてくださいよ？」

まるでこちらを絶望させようとしているような表情のロキの目は、さきほどよりもさらに赤く輝いていた。

こうなったら……。

「なんで……俺達を狙うんだ……？」

「はい？」

何を唐突に、と言った表情をするロキ。

これはただの時間稼ぎだ。

話を聞いている間に何とか策を練るための。

相手が嵌《は》まってくれなければ、これで終わりだ。

「……時間稼ぎだということはわかっていますが、いいでしょう。教えて差し上げます」

時間稼ぎだということをわかっていながら説明してくれるとは、よほど余裕があるようだ。

「私は計画の邪魔になりうる要素を排除しているのです。私が目星を付けているのは貴方達と……あと邪龍の力を手に入れたあの女ですね。まあ、他にも数名いますが、ターゲットの代表格は貴方達です」

「ヘレン、さんも、……狙ってるのか……!?」

だとしたら、ここで負けてしまえば俺達だけではなくヘレンさんも……。

「おやおや？　知り合いでしたか？　なら安心してください。寂しくないように、貴方達を始末したらすぐに彼女にも会わせてあげましょう。それでは――」

ロキは闇を体に纏《まと》わせて――、

「待って」

ルリの声にロキが振り向いた。

「まだ何かあるのですか？」

「なぜ僕を狙ったの？　僕はアル君ほど強くもないし、君達の脅威にはなりえないと思うんだけど」

ルリも時間稼ぎだということに気がついたようで、質問を投げ掛けてくれた。

ロキは闇を纏《まと》うのをやめ、質問に答え始めた。

「ああ、それはですね。勇者の家系の血にはとある力が流れていましてね。可能性はほぼ0に近いですが、万が一目覚められたら面倒なんですよ」

「力……？」

「我らが主、邪神アンラ・マンユ様に仇《あだ》なすスプンタ・マンユ……。――善神の力が貴女の血に流れているのですよ」

裏に隠れた能力、そして開花

「善神の……力？」

そう言ったルリの表情は驚愕《きょうがく》に染まっていた。

「ええ、勇者には善神の力が、魔王には邪神様の力が与えられているのですよ。まあ、この長い歴史があったというのに、両方とも一度たりとも力の片鱗《へんりん》すら解放出来ていませんでしたがね」

そう言いながらロキはくっくっと笑った。

まるで嘲笑《あざわら》うかのように。

「まあ、ですから正直、貴女はあまり脅威ではないのですが……。あの善神の力を持っているというだけでも　私は貴女を始末する理由が十分にあります……！」

ロキはまるで親の仇《かたき》を見るかのような目でルリを睨んでいた。

「さて、もういいでしょう。どちらから死にたいですか？　返事がないようでしたらまずは貴女から——」

「待、て……」

俺は立ち上がると、ロキを見据えた。

「ほう？　まだやるつもりですか？」

「そもそも負けるつもりは微塵《みじん》もねぇよ……」

血が足りないのか少し足元がフラフラとするが、戦えないわけではない。

「……所詮はステータスに振り回されている分際で……よくもそんな舐めたことを言えますね！」

「来たか……！」

こちらに飛びかかってくるロキの動きをよく見て、回避に専念する。

隙を見て、コイツに一発決めてやれば……。

「ちょこまかとしぶといですねぇ！」

さらに殴打の速度を上げてくるロキに、俺は防戦一方で、ロクに隙を見つけることが出来ずにいた。

このままじゃ体力が切れて終わる……。

その前にどうにか――、

「無駄ですよ？」

気付いたときには、目の前にロキの拳があった。

鈍い音とともに俺の顔面に直撃した拳の威力は重く、深く、強く、意識が飛びそうになった。

だが俺は歯を食いしばり、その拳の威力で吹き飛ばされないよう、地を踏みしめる足に力を入れていた。

「なっ⁉」

さすがにこれには驚いたのか、微動だにしない俺を見てロキは驚愕《きょうがく》の声をあげた。

今しかない……！

俺は拳を握る。

頼む、俺にコイツを倒せるほどの力を‼

――その瞬間、不思議と拳に力が纏《まと》った気がした。

おそらく、何かしらのスキルを取得したのだろう。

上等、これだったら――‼

「うおぉぉぉぉおおぉお‼」

普段の数倍以上の威力を持った拳はロキの顔面に突き刺さり――、まるで泥水を殴ったかのような感触とともにロキの顔面を貫通した。

「えっ……？」

さすがに威力が高すぎる……。

いや、これは――そのとき、俺の胸元に、顔を貫いたはずのロキの手がそっと添えられた。

「――本当に……詰めが甘いですね！」

ドッ‼という音とともに発せられた衝撃波は、俺を吹き飛ばすのに十分な威力だった。

「か、っは……⁉」

今度は木ではなく地面に叩きつけられる形になった俺は、その勢いで地をゴロゴロと転がった。

「あ……がっ……」

何が……起こった……？

「アル君‼」

ルリがこちらに駆け寄ってきて、俺に声をかける。

「大丈夫⁉」

「ちょっと……マズイっぽい……かも……」

「ッ……‼」

ルリは悔しそうに唇を噛み締めた。

「僕にも……力があれば……‼」

「……ルリが気に病む必要は……ない……！」

そう言いながら俺はゆっくりと顔をあげた。

そして見た。

ロキの顔がスライムのような液体状になっているところを。

その液体は黒く、液体は徐々にロキの本来の顔を構成していった。

「いやぁ、今のは当たってたら危なかったですね。私、このように体の一部を液体に変えることが可能でして。いやはや、これを使うことになるとは思わなかったですね」

「くっ、そ……。せめて、ステータスさえ……見れてりゃ……少しは……」

俺の言葉を聞いたロキは、笑いながら近付いてきた。

歩きながら、ロキは語る。

「ああ、無駄ですよ？　そもそもあれを知っていても対策など出来ないでしょう？　それに――」

ロキは俺達の2～3メートル前で止まり、

「たとえステータスを見れたとしても……。――この能力はステータスには表示されませんから」

……は？

「何……を？　一体、どういう……」

「邪龍を討ったのは貴方ですよね？　ならば当然ステータスを確認したはず。ですが、そのとき〝憑依《ひょうい》〟というスキルがありましたか？　推察するに、龍の力を引き継いだ女に一度憑依《ひょうい》したと思っているのですが……。そのことを不思議に思いませんでしたか？　何故憑依《ひょうい》のスキルを持っていない……いえ、持っていないように見える邪龍が憑依《ひょうい》を使えたのか……」

「……まさか」

「おや？　お気付きになられましたか？　我々は、邪神様から、ステータスを見ることが出来る存在に対抗するために、一つだけステータスに表示されない能力を頂いたのです！　一般人にはその効果はありませんが、善神の加護を受け、相手のステータスを覗くことが出来るような存在には特に効果覿面《こうかてきめん》です！　とはいえ、貴方は私のステータスを見ることすら出来ませんでしたがねぇ……？　まあ、私は邪神様の配下の中でもそれなりに強い部類に入るので、私以外にならステータスの開示は効くと思いますよ？　気に病む必要はありません。それでは――」

「ヒー、ル……」

もう回復魔法を使ったとしても血があまりにも足りない。

が、立ち上がることは出来る。

俺はヨロヨロと立つと、またルリの前に立ち塞がる。

「まだ立てるのですか⁉　これは素晴らしい‼」

「うっせぇ……」

愉快そうに笑う姿が目障りだった。

「もう……いいから！　アル君……！」

ルリが俺の服の袖を引っ張りながら、そう言う。

「ルリ……」

「もう、無理だよ……。僕を置いて逃げて……。君の足なら……きっと……ルグスまで逃げ切れる……。この人、多分、人気《ひとけ》のあるところだったら何もしてこないよ。それはさっきの話からわかった。だから――」

「知るか……んなもん……」

俺はロキを睨み付け、口から血を吐きながら、

「コイツを……ぶっ倒して、お前、も……助けて！　ヘレンさんも……助ける！　それ以外、望んでねぇ！」

「どうして……そこまで……？」

そこまで言って、ルリははっとした。

そしてルリは自分の心を恥じた。

自分は勇者の子孫だから、心配が要らないと言うのに、彼は駆けつけてくれた。

勇者の子孫としてではなく、一人の人として見てくれた。

どんなに辛い状況でも、諦めずに自分の目の前に立ってくれた。

それなのに、この状況を作り出した原因だというのに自分は何を諦めているんだろう？

親から『世界を平和にして、人々が笑顔に暮らせる世を作れるように尽くす』のが僕らの仕事だと言われてきたのを忘れたか。

農民である彼が、ここまで死に物狂いで諦めずに頑張っているのに。

そんな僕が、ここで諦めていいのか？

否、そんなわけがない。

もしもそんなことがあれば、とっくの昔に人類は魔王に侵略されている。

先祖様とて、魔王と対峙《たいじ》したときは一度や二度はピンチになったと聞く。

だが、倒れても倒れても立ち上がり、そして、見事魔王を倒した。

勝てない程度のことで……諦める理由は——ない。

「ごめん、僕が間違ってた……。あはは、こんな簡単なことを気がつかないとはね」

「ル、リ……？」

「もう、大丈夫、ありがとう。アル」

ルリが俺の前に出る。

「おや？　諦めて殺されに来てくれたのですか？　なら、その意思を尊重して……、先に逝《い》きなさい！」

闇に染まった腕がルリに迫る。

ルリはそれを気にせずに、胸に手を当てた。

「これが……そうなんだね……？」

そしてルリの顔の目の前に拳が——、

「——僕は、諦めない‼」

瞬間、白い光がルリの体から溢れた。

「なあっ⁉」

そして、驚いたロキの伸ばされた腕を目にも留まらぬ剣技で切り裂き、切断された腕が宙を舞った。

「ちぃっ……‼」

ロキは危険と判断したのか、一度こちらから離れた。

「……覚悟しろ、ロキ・ダエーワ」

ルリは剣先をロキに向ける。

「君の野望は……ここで僕が打ち砕く‼」

力を得た勇ましき者

「これは……まさか……解放したというのですか……⁉　善神の力を……‼」

ロキの顔からは余裕が消えていた。

「くっ……！　ですが、力に目覚めたくらいで……‼」

ロキが腕を伸ばすと、地に落ちていた切断された腕が液体化して元の位置へと集まっていった。

そして液体は腕を構成し終え、

「──私に勝てるなどと思わないことです！」

ルリに向かって飛びかかってくるロキだったが、

「今なら見えるよ……全部ね‼」

圧倒的な速度の剣技にロキは追い付かない。

伸ばされた右腕や蹴りだされた足などがどんどんと剣の餌食《えじき》になっていく。

「この……、小娘が‼」

切り刻まれるロキだったが、一度攻撃範囲から離れ、まだ斬られていない左腕を液体状にし、左腕だったところを鋭くとがった形状にした。

「この液体化は硬さや形状までもを変えることが出来るのです！　この状態なら切断されても痛みがなく、貴女の体力が切れるまで待つのみです！」

一度切り離された部位も液体化させて集め、そして液体化していなかった身体中も次々と液体化させ、その形状を変化させていく。

さながら、自分自身を兵器に変化させるかのように。

「その色……気配……君は身体中を闇そのものに変質させてるんだね……。さっきの言葉は嘘じゃなかったってことなんだ……。なら」

ルリは目を瞑り、剣を上に構えた。

それを見たロキが、嘲笑《あざわら》いながら地を蹴った。

「無駄です！　全身を闇の液体に変えたこの私にダメージが通るとでも――」

ルリは目を見開くと、

「――聖断罪・闇喰《セイクリッドイーター》‼」

ルリは縦に剣を振り下ろした。

その瞬間、大出力の光の刃がロキを襲う。

「そんなもの、避ける必要も――。があああああああああ！？！！！」

液体化の状態で痛みを受けるとは思わなかったのだろう。

さきほどまでの紳士的で余裕だった彼はどこへやら、壮絶な痛みに悶えながら光の刃に抉られた部位に手で触れていた。

「な……なぜです⁉　なぜこの体にダメージを⁉　ぐぅ……一度液体化を解除……」

徐々に元の形に戻るロキだったが、解除しても、怪我は治っていなかった。

先ほどまでは、再生すれば治っていたのにもかかわらずにだ。

「小娘……私に何をしたのですか⁉」

「僕の使ったこの剣技は父さんから教わった技でね、名の通り、闇を喰らう聖の力を光の刃として放出する技なんだ。君は液体化すると闇そのものになるんでしょ？　なら、この技の格好の獲物なんだよ」

「……そんな……ことが……」

ルリの言葉を聞き、ロキは声を震わせながら、

「そんなことが……あって、たまるかぁぁあ‼」

憤怒《ふんぬ》に満ちた表情で無防備にルリに飛びかかる彼に、もはや気品さはまったくなかった。

「そういえば君、さっきアルが頭を殴ろうとしたときに攻撃を食らう前に液体化させてたよね？　――なら、頭を狙われるとマズイのかな？」

頭を狙って剣を突き刺すように出したルリだったが、ロキはわざと顔面を液体化させて飛び散らせることで、それを回避した。

「面倒な能力だね！」

ルリはロキの体を蹴り飛ばすと、液体化した顔面だったモノに向けて、

「喰らえ！　聖の力よ！」

光を纏《まと》わせた剣で液体を切り裂いた。

「ぎぃいあぁぁぁぁぁぁぁぁぁぁぁ！？！！」

口はまだ構成させていないはずなのに、なぜか悲鳴が響く。

堪らずロキは蹴り飛ばされた体を液体に戻し、顔を構成する。

元に戻った顔に、左目はなかった。

「許しません……絶対に……貴女のことは……‼　この私が……最高に残酷《ざんこく》で、無惨な方法で――」

ルリはそんなロキを見てニヤリと笑うと、

「そんなことよりさ、君……誰か忘れてない？」

「は……？」

高速移動、そのスキルを使って一瞬のうちにロキの背後に近付いた俺は拳を振りかぶる。

さきほど習得したであろうスキルの力を拳に纏《まと》わせて。

液体化を解除して普通の状態になった今なら――。

「おらぁぁぁぁぁぁぁぁぁ‼」

――頭部を破壊さえしてしまえば、それで終わる。

ゴッ！　と鈍い音が響くとともに、首の方から、ベキャッ！と曲がるような音がした。

憎悪に満ちた表情のまま、ロキは倒れた。

倒れたロキは、ピクリとも動かない。

念のため、ステータスを確認したが、ＨＰは０になっていた。

「……勝った……んだよな？」

ルリが近付いてくる。

「うん、終わったよ。ありがとう。アルのおかげで、僕は――」

「そうか、よかっ……」

目の焦点が定まらない。

俺は足に力が入らなくなり、前のめりに倒れそうになった。

が、ルリはすかさずそれに気が付いて支えてくれた。

「悪い……」

俺がそう言うと、ルリは俺の頭に手を置き、撫で始めた。

「ううん。僕のために頑張ってくれてありがとう。君のおかげで僕は大切なことに気付けたみたい。疲れてるんでしょ？　後は僕に任せて休みなよ。ふふっ、でもこんなことってあるんだね。僕は君に――」

その先の言葉は、意識を失った俺の耳に届くことはなかった。

「……寝ちゃったかぁ……ゆっくり休んでね」

はぁ、とルリは溜め息を吐いたが、アルを見て優しげな笑みを浮かべた。

さきほど、アルには聞こえていなかっただろう言葉が、アルの寝顔を見ていると改めて自分の本心なんだということが実感出来た。

そして、聞こえないとはわかっていながらも、

「僕は君に——」

もう一度、ルリはアルに伝えるかのように言葉を発する。

「——惚れちゃったみたい。大好きだよ、アル」

恐怖は突然に

「んん……？」

目が覚めると、俺はルリに膝枕されて寝かされていた。

「……起きたかな？」

「おう……なんか悪いな……」

「あ、いや……別に、なんというか、えっと……ごちそうさまでした？」

少し顔を赤くして慌てて喋るルリがなんだかおかしくてつい笑ってしまった。

「ははっ、なんだそりゃ」

「ちょ⁉　今笑ったよね⁉」

「悪い悪い」

そう言って俺は起き上がった。

「……すっかり夜だな」

森の中は暗くなっていて、心なしかさきほどよりも霧が濃くなっている気がした。

あれ？　そういえば周りを見てもロキの遺体がどこにも……。

「さっきの人の遺体は埋めて弔《とむら》っておいたよ。万が一アンデッド化なんてされたら危ないからね」

「そうなのか」

やっぱ邪神の配下といえどもアンデッド化するんだろうか。

もしもアンデッド化したアイツと戦うことになっていたら……。

考えるだけでも寒気がする。

まあ、もうその心配はなくなったわけだが。

「んで、俺はどんくらい寝てたんだ？」

「う～ん……3～4間くらい？」

うわ、めっちゃ寝てたんだな。

邪龍と戦ったあとに3日間眠り続けたときよりか、マシだけど。

「実はね？　あの人を弔《とむら》った後にアルを背負って帰ろうとしたんだけど……」

ルリは面目なさそうに視線をそらして、

「……道がわかりませんでした」

うん、それは仕方ない。

「じゃあ帰るか、さっきもったけど、俺は道がわかるからさ」

「うん！　じゃあ道案内よろしくね、アル！」

……そういえば俺、これまでルリに呼び捨てになんてされてたっけ？　……まあいいか。

俺は出口に向けて足を一歩踏み出して――。

ガシッと、何かが俺の腕を掴んだ。

俺が掴まれた腕を見ると、ルリが顔を青白くしながら俺の腕を掴んでいた。

それに、どうやら少し震えているようだ。

「……ルリ？」

「ねぇ……、今何か聞こえなかった？」

「何か……って？」

「わかんないけど……なんか恨めしそうな声だった気が……」

「―ル～、――に――の～？」

「ひぃぃ‼」

聞こえた。

俺にもバッチリ聞こえた。

「……こういうの無理なのか？」

「アンデッド系みたいに僕の技で倒せるような存在だったら大丈夫なんだけど……。幽霊って言えばいいのかな？　実体を持たずにさ迷ってるものは苦手なの……。何されるかわからないから……」

言いながらルリはブルブルと震えていた。

その間にもさきほどの声はどんどんと大きくなっていく。

声の主が近付いてきている証拠だ。

別に、そんなに怖がる必要も――、

「……ル～……、ど―に――の～？」

「ううっ‼　ほらまた‼」

恨めしげな声を聞いたルリの悲鳴が響き渡る。

おい待て、この声は――。

「誰かしら……？　なぜかアルをたぶらかすような気がする女の声がしたわ……」

鮮明に、声が聞こえた。

母の。

「きゃあぁぁぁぁぁぁぁぁぁぁぁぁ‼」

ぎゃあぁぁぁぁぁぁぁぁぁぁぁぁぁぁぁ！！！　と叫びたい衝動を俺は必死で押し込んで、体の横でルリを抱えると、そこから迅速に逃げ出した。

早く逃げないと……ルリが殺られる……‼

「……ふう……どこに行ったのかしら……？　お母さん心配だわ……」

そんなに親バカな彼女の行く末が一番心配であるのは言うまでもなかった。

俺はルルグスの近くまで走ってくると、門の近くで止まって、ルリを降ろした。

「はぁ……はぁ……はぁ…………ここまで……来れば……」

膝に手をつき肩で息をする俺を見たルリは、幽霊（母）を怖がっていた俺に親近感が湧いたのか、はたまた幽霊（母）から離れて安心したのか、笑顔で話しかけてくる。

「ね？　やっぱり幽霊って怖いでしょ？」

「ああ、最高に怖かった。生きた心地がしなかった……」

見つかったらもう……ね。

考えたくもない。

世の中には怪談という暑い時期に肝を冷やすための怖い話があるようだが、俺はどうやら夏になるたびにこれを思い出せばヒヤッと出来そうな気がした。

今でもまだ心臓がバクバク言ってるし。

「あはは、アルもよっぽど怖かったんだね。じゃあそろそろ入ろうか」

「……おう」

俺は門番と手続きしている間に母が戻って来ないかヒヤヒヤしていたが、そんなことは起こらずに、無事入ることが出来た。

「じゃあ、僕はこっちだからさ」

「いや、もう暗いから宿まで送る」

実際のところは家に戻ったときに、すでに母親が居そうで怖いから遅くしたいだけだが。

昔、よくあったんだ。

村の人に内緒で遠くまでテスタと遊びに行ったとき、母が探しに来て、見つかったら怒られると思った俺達は隠れながらすぐに家に戻ったのだが、なぜか家の中ですでに母が待機していたことが。

あの人は瞬間移動でも出来るんじゃないだろうか。

ほんと、何者なんだろうな。

俺の母親は。

……考えるまでもなく、ただの親バカだったな。

「じゃあお願いしようかな……でも、なんか遠い目してるけど大丈夫？」

「……気にしないでくれ、大丈夫だから」

「そ、そう？　じゃあ宿まで頼める？」

「わかった」

「ふふっ、よろしくね」

そうして、笑顔で嬉しそうなルリと、死んだ魚のような目をしている俺は宿へと向かったのだが――、

「……あれ？」

「ん？　どうした？」

「確かここに宿があったはずなんだけど……」

「そーいや、俺がさっきここに来たときも確かこの辺に宿が…………ない？」

まるで宿だけを取り除いたかのように、ポッカリと建物がなくなっていた。

「……どうなってるんだ？」

「わからない……荷物はこのバッグに入ってるから、なくしたものは別にないし、それは構わないんだけどさ……なんか、怪しいね」

「ああ……」

しばらくの間、俺たちはその場に立ち尽くしていた。

結局そのあと、ルリは別の宿を取った。

というわけで俺は家に向かったのだが……。

……ごくり。

俺は唾を飲み込んで覚悟を決めると、扉を開き――、

「……ただいま」

「アーーーーールーーーーーー‼」

見てはいけないものが向かってきたのが見えたので、全力で扉を閉めた。

ドゴォッ！　と扉に何かがぶつかる音がしたので、俺は慎重に扉を開くと、そこに母さんの姿はなく――後ろから声が聞こえた。

「恥ずかしがらなくてもいいのにー！　心配したのよー！　アルー！」

おい待て何で背後にいるんだ母よ。

伸ばされてきた腕を間一髪避けると俺は迷わずに家の中に走り出した。

そして、ちょうど自室に入ろうとした父さんを見つけたので、父さんが扉を閉める寸前に俺は父さんの部屋に潜り込むと、ガチャンと鍵を閉めた。

「ふふ……アル、私は昨日のことを学習して父さんの部屋の鍵を――」

俺だって何も考えていなかったわけではない。

俺は今日の朝、部屋の内部の扉の左右にとあるものを取り付けておいた。

そして、そこに木の板をはめると――、

「なっ⁉　開かない⁉　どうして⁉」

まるで木の板が閂《かんぬき》のような役割を果たし、鍵を開けられたとしても扉を開けることは出来ない。

「ミッションコンプリート」

そして俺はまた布団を敷いて寝た。

「待ってくれアル⁉　いつの間にそんな仕掛けを付けたんだ！　そしてそんなことをされて被害に遭うのは父さんなんだ！　頼むアル！　起きてくれ！　父さんには今この扉を開ける勇気はない！　なあアル⁉　アルゥゥウゥゥゥゥ‼」

翌日、父さんは天日干しされた。

縛りし鎖《くさり》

2日後、そろそろ王都に帰ろうということで俺は準備を終えて家から……出られずにいた。

その原因はもちろん母さんである。

「アルーー！　行かないでーー！」

子供のように泣きじゃくる母さんを、俺はどうにか離そうとするが、母さんはまったく力を緩める様子はなかった。

「離……し、て……くれ……‼」

母さんは今、俺の足に掴まっている。

俺は母さんに足を掴まれたまま前に進むが、母さんはズルズルと引きずられるだけで、やはり離す様子はない。

それを見ていた父さんは見かねたのか、こちらに歩いてきた。

父さん……あんただけが最後の希望だ……‼

「こら、ルシカ。そこら辺にしないか。アルだって困ってるじゃないか」

「黙れ」

「ごめんなさい」

早いよ。

もう少し耐えてくれよ、父さん。

なんで母さんの一言で土下座まで持っていかれるんだよ。

「アル……父さんにはどうすることも出来ない……！」

くっ……、この母親《ラスボス》をどうにかしないと家から出られないのに……。

仕方がない……。

俺はそっとしゃがんで、母さんの顔を見た。

「アル……やっぱりここに残――」

「こんなことされたら、俺、母さんのこと嫌いになっちゃうかも――」

「ごめんなさい」

俺は母さんの凄まじくスタイリッシュなジャンピング土下座を見た。

なぜ俺は父親と母親の土下座を同時に見なければならないのか。

「はあ……わかってくれれば良いよ。じゃあ、俺はそろそろ行くよ。また来るからさ、元気でな」

そう言って玄関の扉に手をかけると、母さんが駆け寄ってきた。

何だ？　まだ何かあるのか？

「ねぇ？　もしかして……まだ〝農民〟を続けるつもりでいるの？」

「…………ああ、そうだよ。今のところは」

「そう……」

母さんはそれを聞いて俯いた。

「アル……母さんね、気にする必要はないと思うの。もし、あのことが原因で義務感とか、使命感とかに縛られてるんだったら――」

母さんの言葉を、俺は手で制した。

「いや、大丈夫だよ母さん。俺が王都にいるのはさ、やりたいことを見つけるためなんだ。それに、農民の道を選んだとしても、それは俺がやりたいこと……なんだよ……。だから俺はもう縛られてなんか、ない……」

思うように言葉が繋がらなかった。

すると、抱き締められる感覚があった。

力任せに拘束するようなものではなく、フワッとした、優しい抱擁《ほうよう》だった。

抱き締めてきた人物である母さんは、俺の頭を優しく撫でながら、

「本当に優しい子なのね、アルは……。でもね、貴方はその優しさに潰されそうになってるの。たまには、ワガママになってもいいと思うの。後悔のない道を選びなさい。もし、自分の気持ちを押し殺してまでやりたいことをやらなかったらそのときは――」

母さんは抱き締める力を強めると、俺の耳元に口を近づけて、こう囁《ささや》いた。

した。

「絶対に後悔しない道選ぶ！　うん！　決めた！　俺頑張るよ！」

人生最大級の寒気を感じた俺は、逆らってはいけないことを理解し、すぐさま肯定の意を示
「ふふっ……それならいいのよ。でも別に、農民が駄目ってわけじゃないのよ？　……本当に
それがやりたい道なのなら……ね」

……こういうところがあるから母さんは嫌いになれない。

むしろ、大好きだ。

絶対に本人には言わないけど。

母さんは俺から離れると、少し寂しげな顔をしながら、

「そろそろ行くんでしょう？　アル、これからも頑張って。いろいろと……ね」

「ああ、ありがとう。母さん」

俺は手を振る母さんに手を振り返して、家を出た。

歩きながら、俺は今、二つのことを考え始めた。

ひとつは、さきほどの母の話に関連すること。

そして、もうひとつは——なぜ父さんは最後まで土下座を続けていたのかということだ。

「あっ、やっと来た！　遅いよー！」

集合場所に着くと、すでにルリが待っており、頬を少し膨らませていた。

「悪い、家でちょっと……いろいろあってな……」

主に拘束とか土下座とか。

俺の決まりの悪い顔を見たルリは、何かを察したようで、

「まあ、なんというか……お疲れ様」

心なしか哀れみの視線を向けられた気がするが、気にしないでおこう。

「そんなことはさておき、んじゃ、そろそろ行くか！」

「おおー‼」

相変わらず元気だな……。

「あ、そういやさ、あの力、あんまし人前で使わない方がいいぞ。誰かに利用されるかもしれないし」

「あ、それのことなんだけど……」

「？」

ルリはばつの悪そうな顔をして、

「……都市《ここ》を出たら説明するよ」

「お、おう……」

何かあったのだろうか……？

ルルグスから出て、少し離れたぐらいのところで、ルリが止まった。

「さて、ここら辺でいいかな。それで、さっきの力のことなんだけど……ちょっと見てて」

ルリは胸に手を当て力を込め、

「はぁっ‼」

掛け声と同時に、白い光がルリの体を纏《まと》った。

しかし、数秒と持たずに、その光はほとんど消えてしまった。

今ルリの体を纏《まと》っているのは、薄い光だけだった。

「……と、このように、まだまだ満足には使えない状態なんだよね……」

残念そうな顔をしてルリはそう言った。

「あのときは特別だった……ってことか？」

「うーん、まあ火事場の馬鹿力ってやつじゃないかな？　意味はちょっと違うと思うけどね。これから訓練を重ねて、使えるようにしていくつもりなんだ」

「そっか……頑張れよ」

「うん‼」

俺も、ステータスの高さに傲らずに、少しは鍛練《たんれん》しないとな。

「……あれ？」

「どうしたの？　アル」

「いや、なんか……」

何か忘れているような――。

ちなみに、王都に戻った日、ファルに見つかった俺は心配したと言われ少し怒られた。

解せない……。


〈『農民関連のスキルばっか上げてたら何故か強くなった。』②へ続く〉

MONSTER
bunko

農《のう》民《みん》関《かん》連《れん》のスキルばっか上《あ》げてたら何《な》故《ぜ》か強《つよ》くなった。①

2017年4月2日　第1刷発行

著者　しょぼんぬ
発行者　稲垣潔
発行所　株式会社双葉社
〒162-8540
東京都新宿区東五軒町3-28
電話　03-5261-4818(営業)
　　　03-5261-4851(編集)
http://www.futabasha.co.jp
(双葉社の書籍・コミック・ムックが買えます)
印刷・製本所　三晃印刷株式会社
フォーマットデザイン　ムシカゴグラフィクス

落丁・乱丁の場合は送料双葉社負担でお取り替えいたします。[製作部]あてにお送りください。
ただし、古書店で購入したものについてはお取り替えできません。
[電話]03-5261-4822(製作部)
定価はカバーに表示してあります。

ISBN978-4-575-75127-7　C0193

Mし01-01

規格外れの
英雄に育てられた、
常識外れの
魔法剣士
1
kt60
ケーティーロクジュウ
ill cccpo
スリーシーピーオー
カルト教団から少女を救おうとして殺されてしまった高校生は、異世界へと転生し、とある老人に拾われる。ところがその老人がただ者ではなかった。ただ者ではないどころか、常識などまったく通じない系の『英雄』だった!! この物語は、幸か不幸か、加減を知らない英雄に育てられ、とてつもない力を身に着けてしまった転生者レインのお話。
——やがて少年は成長し、ハーレムを作る!?
『物理さんで無双してたらモテモテになりました』のkt60が贈る、ラブ&エッチ規格外れファンタジー!
モンスター文庫